中 国 短 经 典

略知她一二

张楚 著

人民文学出版社

图书在版编目(CIP)数据

略知她一二/张楚著. —北京：人民文学出版社，2021
（中国短经典）
ISBN 978-7-02-016589-6

Ⅰ.①略… Ⅱ.①张… Ⅲ.①短篇小说-小说集-中国-当代 Ⅳ.①I247.7

中国版本图书馆CIP数据核字(2020)第165326号

责任编辑　朱卫净　邰莉莉
封面设计　李苗苗

出版发行　人民文学出版社
社　　址　北京市朝内大街166号
邮　　编　100705
网　　址　www.rw-cn.com

印　　刷　杭州钱江彩色印务有限公司
经　　销　全国新华书店等

开　　本　889毫米×1194毫米　1/32
印　　张　8
字　　数　150千字
版　　次　2021年4月北京第1版
印　　次　2021年4月第1次印刷

书　　号　978-7-02-016589-6
定　　价　55.00元

如有印装质量问题，请与本社图书销售中心调换。电话：010-65233595

目录

草莓冰山	001
曲别针	025
蜂房	053
关于雪的部分说法	077
穿睡衣跑步的女人	105
略知她一二	129
野象小姐	155
人人都应该有一口漂亮的牙齿	187
水仙	213
夜鸟	235

草莓冰山

1

新搬来的拐男人，天气若是好时，总要抱着孩子去井边玩。那是口废井，水还旺着，水面杂生着碎叶睡莲，有时能听到青蛙和昆虫的嘶鸣。孩子喜欢跪在井边的倭瓜秧里逮蝈蝈，蝈蝈青绿肥硕，她把蝈蝈的翅膀掰下，圆肚塞进嘴巴，然后盯着别人，老牛反刍似的嚼。她好像长期处于某种饥饿状态。那个夏天，这个被男人称为"小东西"的小女孩，时常套着条裤衩，光着胸脯，被她父亲右臂揽住腰身，站在午后的大街上，张望着行人。

如果来我的商店，男人通常把小东西搁在店前的沙堆上，自己寻了凳子坐，透过玻璃晃着她。有时一个顾客也没有，房东的狗卧在屋檐的阴影下，恹恹地啃着骨头，而我，也没心情翻那本侦探小说，就点支香烟，有一搭没一搭地和他闲聊。他的瞳孔是棕色的，乙肝患者那种，得体而机警地目视着我，点点头，要么含混地摇头——类似大多数北方山区的农民，他也是个嘴拙舌笨的人。偶尔他眼神游离，去笼小东西。小东西捧着沙子，手合成沙漏，沙子便没有声息地流。有时她扭了头，咿咿呀呀地和男人说话。她属于那种说话晚的孩子，我听不懂她嘟囔些什么。

那个夏天暴雨连绵。我一点不喜欢夏天。下雨的时候，我也得套上雨披胶鞋，蹬着辆"金牛蛙"牌破三轮车，赶学校接孩子们。两个男孩和一个女孩，我没问过他们的名字，也许问过忘记了，我的记性是越来越糟了。他们都白白胖胖，是那种典型的营养过剩的孩子。跳上车后，他们大声地吵个不停，厨房里的蟑螂一样放肆，即便下雨了，也龟缩在雨衣里，坚持互相咒骂。也许，他们认为这是最愉快的功课吧。我怀疑两个男孩都暗中喜欢女孩，这样，他们的争论让我隐隐厌恶起他们的早熟。

把他们挨个送回家后，我敞开店门，等着快下班的工人，来买便宜的杂货。"你真勤快，"男人说，"现在，像你这么肯吃苦的小伙子，不多了。"

心情好时，我告诉他，我其实是个懒鬼，衣服生了虱子也不洗的那种人。我现在这么勤快，只是我想攒笔钱。"不是为了娶老婆，"我解释说，"我需要一笔路费和生活费，我想离开这地方……"

他会盯着他女儿说:"哦。"良久才转过头,机械地扫扫我,再去瞪他女儿,同时喃喃着叹息道:"哦……是这么回事……哦。"

尽管我们是邻居,但我很少去他家。偶一次替房东大妈收电费,才发觉他租的这两间房子,远不如我租的那两间敞亮,由于是面西背东,都夏天了,还那么阴。斑驳的墙壁上爬着肉乎乎的潮虫,竹节蜘蛛在水缸沿编了密网,网上粘着死掉的苍蝇和蜜蜂。我拿碗去水缸里舀水时,碗里游着条红褐色的蜈蚣。

"你们这样,会很容易生病的,"我警告他说,"你要是生不起病,最好在屋里喷些杀虫剂。"

"好的好的,"男人慌乱地说,"你们家……有杀虫剂吗?"

他借走了我的杀虫剂,再也没还我。他还经常来借些似乎不该借的东西,譬如粮食。"半袋就行,"他喏喏地说,"这阵子手里紧……没钱买米了。"除了大米和面粉,他借过的东西还有:汤匙、壮骨麝香虎骨膏、一双再生底的塑料拖鞋、半瓶山西老醋、一台我祖父留给我的"牡丹"牌收音机,气温高达三十九度的那几天,他从我的店里顺手搬走了几个西瓜。"你记账吧,"他说,"等我有钱了,马上还给你。"他说话的时候脸有些红。我很少看到成年的男人脸红。

"好吧。你缺什么就拿什么,"我说,"不过,你老婆要是回来了,别来跟我借避孕套啊。"

"好的好的,"他说,"我老婆就该来看我们了啊,"他有点得意,"你没见过我老婆。她在城里上班。她……很漂亮呢。就是有点黑。"

我觉得他是在撒谎。也许他根本没老婆,没准这个小东西也是个弃婴,被他抱来收养的。谁知道呢?我对别人的兴趣不是很大,除了那个每天从我商店门口经过的姑娘。

2

这姑娘在清水镇的手套厂上班。她眼睛近视,总是眯缝着眼睛骑自行车,下午六点,太阳光很柔,她还是戴着顶宽檐的白色草帽。我怀疑她上学时练过铅球,她裙子下隐露的小腿粗壮光滑,蹬起自行车来肌肉一绷一弛。她不怎么会打扮,有天她穿了条蓝色花点裙子,脚上却套着双红白相间的厚短袜。

"她真像匹斑马,"我对男人说,"精神啊,真他妈精神。"

男人对我的赞美不发表意见。

"听我说,她们家离这里肯定很远。信吗?她骑自行车总是这么快。她妈肯定在家等着她吃晚饭呢。"

男人有时候听腻歪了,就说:"你要是喜欢人家,找个媒人介绍介绍。"

我会唏嘘着问:"她漂亮呢,还是你老婆漂亮?你老婆什么时候来看你们？"

"快了，快了，"他说，"她要是没时间来看我们，我们就坐着火车去看她。"

后来的某个清晨，他真的带上小东西去看他老婆了。他说他老婆在青岛。我知道青岛离我们这里很远，但是我不知道远到何种程度。男人出门之后我曾找了张《中国地图》，用食指比画了比画。北京离我们这里是一指，青岛是一指半，而我知道，北京离我们这里足有一千里地。那天他隆重地向我辞别，并且跟我借了两百块钱。他显得很不好意思。"你是个好人，你放心，等我回来，我会连本带息都还给你。"我说利息就算了。"那哪行呢？"他坚持说，"利息是肯定要付的，而且要比银行的利息高。"他振振有词的样子让我觉得他有些罗嗦。

当然，更罗嗦的好像不止这些。他犹豫片刻说："你能再借给我双袜子吗？"他脱掉鞋，脚趾便从袜子里露出来，"我……我穿着双破袜子去看她……会被她……笑话的。她是个喜欢干净的女人。"

我只好又借给他两双袜子。我这辈子最幸运的事，应该就是碰上了这么个好邻居。他颇为激动地攥着两双袜子，想说点什么，但也只是伸出舌头舔了舔嘴唇。这样，在那个夏日清晨，这只老袋鼠，揣着小袋鼠，坐着火车去找他们的母袋鼠了。我开始后悔借给他两百块钱，他真要是不回来了，他的那些账，还有我的两双袜子，找谁要呢？可是我想想更倒霉的是房东，那个退休的老太太根本不晓得男人走了，估计房租要泡汤了。

早晨、中午和晚上，我还是定时定点接送三个孩子。只不过那个箍着牙齿矫正器、本来就患好动症的男孩，创造了一个危险性游戏：他让另外两个孩子按住他的脚踝和大腿，上半身倒仰着，像一扇被剖了胸膛的猪肉，从三轮车里骄傲地摊出去，同时他的胳膊模仿着各种动物的舞蹈动作。为了他这个高难度的游戏，我被十字路口的交通警察罚了十块钱。之后我就把这接孩子的活儿给辞了。傍晚时，斑马姑娘仍要路过我的店铺，不过她从没瞥过我半眼。我想我的好日子什么时候才来呢？我总是对我自己说，我要离开这个小县城了。我要离开这个穷地方，去城里走走。我一身的腱子肉，怎么都不会饿死，我的理想是到城里的工地上做个建筑工人，开着吊车运钢筋和水泥板，要是做不成建筑工人，我就去当演员。我长得比我们县的那个男播音员强多了。演员做不成，我就去唱歌。我的嗓门比电视里那些唱美声的胖子们还亮。当然，如果连歌手也做不成，那么，我想，在饿死之前，我就再回到清水镇。

3

我没料到半个月后，男人就带着小东西回来了。看来他确实交了好运气，腰板挺得直直的，那支椿木拐杖换成了不锈钢的，虽然刚下火车不久，还能瞧出来头发是打了发胶的。小东西鼹鼠似的尾随他身后，穿着双花里胡哨的新凉鞋。远远地，他和我打着招呼。他还了我的两百块钱，并且执意付我十块钱的利息。"你不能不要，不要就是看不起我们。"他说话时使用了"我们"这个词，说明他好像真的找到了他的老婆。看来他老婆在城里混得不错。

使我惊奇的是，小东西说话突然清晰了许多。她坐在沙子上，抠着自己的新凉鞋，说：

"草莓……冰……山。"

"草莓"两个字她说得无比清脆。草莓冰山？大概是一种冷饮的名字了。

"你老婆好吗？"

"好的，好的，"男人说，"就是瘦了。"

他说话时没什么表情，眼睛愣愣地盯着小东西，小东西吮吸着手指说，

"草莓……冰……山。"

她的瞳孔在烈日下保持一种贪婪的淡黄色。她好像胖了点，头发黑了点，她还换了条新裙子。这些似乎都是情理之中的事情。另外她多了个新玩具，一头毛茸茸的狗熊。她把狗熊抱在怀里，时不时伸出柔软的舌头，咬它的圆鼻子。她好像已经学会了如何亲吻别人。

男人手里有了钱，便很少来我店里闲坐，他比以前更为

沉闷。隔三岔五来店里一回,买一块五一袋的东北三宝酒。这酒是用人参、枸杞泡制的粮食酒,喝起来就跟用刀子割喉咙似的,刚喝下去没酒劲,过半个时辰胃里就像倒了瓶硫酸。"你少喝点,小心胃溃疡。"男人不回答,只是用手点着零钱。

"我要去看我老婆了,"半个月后他说,"小东西想她妈了。她想吃草莓冰山了,她连做梦都舔舌头。"

这次他没和我借钱,他租了辆夏利,直接把他们送到百里之外的火车站。我帮他把一个破行李塞进出租车的后备箱,又把从小东西手里掉下的狗熊捡起来给她。她蜷在男人的怀里,小的像只早产的猫。"一路顺风啊!"我对他们父女俩大声地嚷嚷。

他们是十天后返回的。如果没有记错,这次和上次没什么明显区别。只不过小东西的狗熊不见了,怀里紧紧地搂着天线宝宝和樱桃小丸子。她头上戴着维吾尔族的花帽子,很多支假辫子将她的额头衬托得小了些。她好像还认识我。

4

这个燥热的夏天,青岛变成了我最熟悉的城市。当然,他们频繁的旅行并没有让我对青岛这座城市了解得更多。我想象着他们一家三口在街心花园散步,想象着他们一起到冷饮店吃冰激凌,到烧烤店吃烤鱿鱼和烤蚕蛹,或者到海边逮海鸥,我对城市的向往便会更强烈。我已经做好准备，等明年开春后，也像我的邻居那样，坐着火车，去城里看看。我长这么大，还没坐过火车。

我对男人的老婆没好印象，每次都是男人拖着瘸腿和小东西去看望她，她却一次不回来。男人很少提及她，即便提及，也只是概括性的描述，譬如，"她漂亮着呢""她有点黑""她喜欢吃椰子""她抽烟""她带小东西去吃汉堡包""她信佛的"，诸如此类模糊而又高度抽象的话。随着频繁的青岛之旅，男人的脾气暴躁起来，也许，是对女人的想念让他有些焦躁？有天早晨我听到隔壁摔盘子的响动声，接着小东西纤细的哭声尖锐起来。我过去的时候他正朝着小东西叫嚷：

"吃吃吃！吃屎啊你！你除了吃还会干什么！"

看到我他就噤了声。我把小东西抱起来，她嘤嘤地抽泣，排骨胸脯小心起伏着，我听到她说：

"妈姆，我吃冰山……妈姆……妈姆……妈姆……"

我抱她出了屋子，给了她支草莓雪糕。在日头底下，我发现她的胳膊上全是瘀伤，红一块紫一块的。一定是男人动手打她了，而且不是那种简单明了的殴打，是用手指掐的。这种打孩子的方式明显是女人式的恶毒。我不由愤怒起来。男人坐在门槛上抽烟，我对他破口大骂的过程中，他比哑巴还哑巴，最后我威胁他说：

"你要是再打小东西，就把从我店里赊的账全还了！妈的！把我的收音机也还我！"

他的头快要埋进裤裆里。后来他真就把头埋到裤裆里了。

我的警告和劝阻并没有发挥多大作用，我仍常听到他咒骂小东西。兴许他是个好面子的男人，尽量把声音压得很低，可歇斯底里的咒骂声仍不可避免地通过劣质墙板清晰地传过来。他掌握的脏话有限，他的吼叫声显得陈旧而缺乏新意。"贱货！婊子养的贱货！""吃你妈个×！你妈早把你忘了！"这些言辞经常在深夜伴随着小东西尖利的哭声，在我的房间里蜜蜂似的颤抖着"嗡嗡"乱飞。

他和我的关系淡薄起来。很少来我店里闲逛，甚至也不来借东西。我倒觉得这样有些不妥。那个斑马姑娘也有阵子没从门口经过了，我很少看到她戴着性感的墨镜和帽子，海豚一样游过我的眼睛。我怀念起她粗壮大腿的同时，对邻居的歉意也萌生出来，有天我买了只南京板鸭，给小东西送过去。在门口，小东西正独自玩。她拿了把破工具刀，割樱桃小丸子。她已经把樱桃小丸子的肚子剖开了，撕扯着肚子里柔软细琐的海绵。

"叫叔叔。"

她面无表情地乜斜我一眼，继续去割樱桃小丸子的脖子。然后她一把就将樱桃小丸子的脑袋拧了下来。

"叫叔叔啊。"

她盯着我，半晌才缓缓地、一个字一个字地说：

"贱……货……婊……子……"

"你说什么？叫叔叔啊，叔叔给你鸭子吃。"

她用手撕扯着海绵，盯着地面上自己的影子说：

"贱……货……婊……子……"

那只鸭子被我自己吃掉了。我对邻居的态度恢复了那种鄙夷的状态。这个猥琐的家伙，什么时候搬走呢？

5

男人的脾气宽裕的同时，手里的钱似乎也宽裕起来。我记得有个喜欢写黄色小说的作家说，残疾人的性生活是值得祝福和怀疑的。但男人只拐了条腿而已，有些事情他肯定比我做得更好。从第一个陌生女人踏进他们的厢房，陆续有些日子了。我很纳闷男人是如何联系到这些廉价夜莺的。

这些鸟都长着鲜艳的羽毛。有时她们顺便来我的商店里买东西，譬如香烟或者汽水，还有个女人问我店里卖不卖避孕套，而且要那种双层加厚外带水果味的避孕套。我喜欢盯着她们看。我看不出她们的年龄，在夜晚不太明亮的光线下，她们的脸型和眼睛都差不多，我只是恍惚到一张张红润的嘴唇散发出苹果糜烂的香气。通过她们的口音我才敢断定，她们并非是同一个人，而是很多的人，或者说，是很多只卖肉的鸟。我想男人是疯了，不是他疯了就是这些女人疯了。

男人遇到这种情况，会把小东西支到我的店里。我们就坐在板凳上看电视。她喜欢爬到我的腿上，双臂吊着我的脖子打秋千。电视里通常放映着一些清宫戏，我看不太懂，孩子也没有兴趣。有时候看着看着，我们的眼睛就互相对视，我朝她笑笑，她只是望着我，脸上肌肉僵硬。她的眼睛越来越大，深陷的眼窝像投到屏幕上的暗影。实在没意思，她换上我的大拖鞋，在屋子里跳格子。跳着跳着她就发呆，盯着身后的格子动也不动，我在她木偶般晃动的影子里，时常听到隔壁的叫声。我知道那是什么声音，我感觉到我体内的一些不安分的因素在萌动，我真想拿把镰刀骟了这男人。小东西什么都不懂，玩得腻了，就爬上我的床睡觉。她从不和我说话。她睡觉的时候眼睛是半睁着的，我总是怀疑她其实是醒着的。我甚至怀疑她什么都懂，和大人一样懂。她只是患了自闭症。

我去他们家拿我的扑克牌的那个晚上，月光很白。男人这段迷上了占卜，白天的时候经常和房东大妈用扑克算卦。门虚掩着，我挑开门帘，然后我看到了另外一些我意料外的事情。没开灯的屋子被月光映得很亮，男人的身体像尾草鱼扑腾着，同时伴随着哗啦哗啦的水声。女人的喘息声并不明显，细细的，从喉咙里一丝一丝挤出来。男人嘴里不时冒出一两句脏话，恶狠狠地，牙齿似乎都咬碎了。他们并没有发现我。

我突然想撒尿。我觉得我必须撒泡尿。我转身逃离房间时，脚底下似乎绊到了什么东西，我以为是凳子，小心着用手去扶，然后，我摸到了一只温软的小手。是小东西。我蹲下身时几乎要踩到她。原来她就蹲在墙根下。我看不清她的脸，我只是摸到了她的头发，水淋淋的，后来我摸到了她的眼睛，也是水淋淋的。我把她抱在怀里，她的身体一直哆嗦着。好像很冷。

在我的房间里她也不说话。她只是瞪着一双眼睛。我等着男人做完事后把她抱走。她在我怀里一直哆嗦着。我真怕她就那么着死了。

6

好歹天气爽了。是一下子爽起来了。除了接孩子们上学放学、开商店，我在一家"爱心服务中心"接了份新活：就是用那种坚硬的麻花钢丝，通上电源，帮居民楼的住户通堵塞的下水道。我还算喜欢这工作，钢丝在"隆隆"地躁响中钻进黑暗中的洞穴，下水道就汩汩涌出淤泥、头发、糜烂的避孕套和香烟头。这种连轴转的状态让我没时间去琢磨别人的事情，我甚至淡忘了斑马姑娘。我很少在吃饭时扒着柜台等她下班。晚上也通常早早睡了。我的梦很脏。有天我梦到和女人做爱。令我焦急不安的是，我看不清女人的面孔，只是和一双修长饱满的大腿纠缠，这让我口干舌燥。在一阵麻冷的涌射中我突然惊醒过来。原来有人敲门。

是个女人。店里有些黑，看不清模样。她在食品架上搜寻着，最后怀里堆得满满的，凑到白炽灯泡下问："你……有雪糕吗？"

她要了两支草莓味的雪糕。她说话的声音有些奇怪，很明显是蒙山一带的，有些艮，可不是纯正的蒙山话，她的舌头似乎打了卷。付了钱后她没着急走，而是从身上摸索出盒香烟，抽出一支，在掌心戳了戳，皱着眉头说："哥们，借个火。"我递过去，她划了两根才点着，点着后她猛吸了两口，烟雾从鼻孔里徐徐地喷出。然后她走开了。我这才看清，她穿着一件勒腰的网衫，银白色的，后面露出一大片浮白。

第二天，我在房东的院子里看到了她。房东的院子里栽了好些向日葵，刚爆出黄色的花盘，房东的孙女和小东西围着那口井追逐，她和房东，就站在一排向日葵下，抱着胳膊说话。后来房东进了屋，她就把小东西招呼过去，在井沿边坐了，唱歌。说实话，她长得还没有斑马姑娘漂亮，皮肤黑，眼窝凹陷，个子矮矮的。她唱的歌我没听懂，大概是另外一种方言了。声音也有些沙哑，像是迟钝的玻璃刀滑过石灰墙壁。

如果我没猜错，她应该就是隔壁男人的老婆了。

我没想到，晚上的时候，男人拎着两瓶酒过来。他有阵子没和我交往了。他扔了拐杖，拖着条腿自己寻了两只瓷碗，把酒倒满了。"我老婆回来了，"他的眼睛像快要熄灭的烟头，轻轻一吸就忽闪着明灭，"她……来看我们了，"他小心着咳嗽两声，把碗端平，"今天我请客，喝吧。"那个晚上，我们把他老婆从青岛带回来的两瓶洋酒喝个精光，我们的舌头都大了起来，他是何时哭起来的？我也记不清楚。他哭的样子有些奇怪。他蜷缩在墙角，双臂紧紧地箍着他的瘸腿，肩膀一颤一颤，偶尔他抬起脑袋，捏着发红的鼻子擤鼻涕。擤完鼻涕，就把手在鞋帮上蹭蹭，埋了头继续哭。我劝他快去睡觉，他半晌盯着我。"她明天就走了，"他说，"她都不让我碰她……"

我说也许是旅途劳累没有心思吧。男人晃着头说不是。"你不知道……你怎么会知道呢……她是我花了两万块钱，从一个南方侉子手里买来的，"他伸出食指和中指，摇了摇，"两万块啊……两万块。我这辈子就攒了两万块……生完小东西……她就不让我碰她，跑城里打工了。"我说她在城里混得不错。男人哭的声音愈发大起来。"我担心她再也不会回来了……她连中国话都说不好……她总也记不住我们村子的名字……我真怕哪天把她丢了……你说我们爷俩要是把她丢了，我们活着还有什么意思呢？可我恨她……我找女人是因为我越来越恨她……"

我想他真的喝多了。我也喝多了。酒喝多了，眼里看到的东西就破碎起来，声音也会变得破碎起来。我把他搀扶到他家。屋子里的灯还亮着，他老婆怀里抱着小东西，似乎就那么着睡了。

7

女人是第二天早晨走的。她拽着一个硕大的皮箱拱进汽车。太阳还没出，天空很干净，街上飘着起猪圈的粪味。男人抱着小东西站在门口，不住地朝汽车摆手。小东西好像还没睡醒，头颅枕着男人的肩膀，闭着长睫毛，手里抓着一只长颈鹿玩具。随着男人大幅度地摆手，长颈鹿一荡一荡地，磕着男人的腰。

我是越来越不喜欢这个小镇了。我已经攒了八千块钱，准备随时离开。我辞了接送孩子的钟点工。两个孩子的父母为我的行为很惋惜，他们叮嘱我要是重操旧业，一定先想着联系他们。"爱心服务中心"的活我还接着，和在商店里日复一日地站柜台相比，我更喜欢接触那些不同的面孔。盯着黑色的污垢从下水道流淌出来，我会暂时忘记斑马姑娘和我的邻居。

女人回了青岛后，天气若是好时，男人总要抱着小东西来商店里坐坐。女孩对门前的那堆沙子失去了兴趣，她更喜欢钻进草丛逮昆虫。她把逮到的蚂蚱、瓢虫、金铃子和螳螂关进一个玻璃瓶子，然后搬了凳子，和她父亲并排坐着，看着路上不多的行人。他们仿佛两只布满灰尘的玩偶，在太阳底下暴晒着，我隐约能听到他们的骨骼"噼啪噼啪"着轻响。有时我出去了，便让他们父女俩帮忙看着商店。他们对售卖商品很感兴趣，尤其是小东西，最喜欢从货架上拿东西。作为回报，我允许她随便吃冰箱里的雪糕和冰激凌。她和他父亲一样不爱说话，和她讲话时，她只点头或摇头，也许她真的变成一个哑巴了。

他们是在秋天搬走的。他们的行李不多，总共装了两个纤维袋。男人雇了一个人，帮忙送到汽车站。女孩拖着件过膝的黄毛衣，像是新的，手里攥着几件肮脏的玩具。男人把借我的东西统统还了回来，再生底的拖鞋、"牡丹"牌收音机，包括一瓶快用完的"枪手杀虫灵"。还这些零碎的东西时他没说话，只是撅着屁股，一件一件整齐地摆到地板上。

"我们要走了。去青岛，"他说，"小东西大了，我一个人哄不了。"他递给我支香烟。"你放心吧，我们找到她妈后，就在郊区找处房子，"他拍拍我的肩膀说，"你哪天要是来青岛，记得到我们家喝酒。"后来他热忱地握住我的手，似乎想说些什么。后来他真的说了，"你别追那个斑马姑娘……"他的声音很小，"……你不知道，我和她睡过，很便宜的，她只要了五十块钱。这样的女人，怎么能做老婆？"

我没说话。我的胃里很不舒服。我轻轻掐了掐小东西的脸："和叔叔说再见。"男人对我的反应似乎有些尴尬，他咳嗽了两声继续念叨："是她主动的……不是我……我知道你喜欢她的。"

小东西走过来，把玩具扔到地上，犹豫了片刻，然后，掐了掐我的脸。她的手指还是那么瘦。

"叫叔叔。"

她的指尖滑过我的耳朵、鼻尖、脸颊。

"叫叔叔。叔叔给糖吃。乖哦。"

她的指尖再次滑我的脸颊、鼻尖，耳朵。后来她的手指蹭着我的耳郭。她的手指在我的耳郭处停了十三秒。我想我以后再也看不到她了。

"和叔叔说再见吧。"

她转身离开我。一句话都没说。后来她又走过来，搂着我的鼻子亲了下。也许，她把我当成她的狗熊玩具了。

8

他们走后，我再也没有他们的音讯。秋天很冷，我不知道他们在青岛混得如何。男人能做些什么呢，好像是个笨拙的人，不会修电器，不会修钟表，也不会像盲人那样走街串巷替人算卦，单靠女人，应该也不容易的。我做好了随时准备走的打算。我对斑马姑娘也不抱什么想法了，也许，我根本就从没对她抱过什么想法。我不相信她是那样的人，打死我也不信，那只是男人意淫而已。她怎么会看上他呢？即便他给她五十块钱。我最后一次见到斑马姑娘是一个午后。皮肤黝黑的鬈发小伙来我店买香烟，还没来得及找零钱就走了。我追出去，然后，我看到斑马姑娘正跨在一辆金城摩托车上等他。斑马姑娘抱着他的腰，和摩托车一起消失了。都是无所谓的事情。我学会了喝闷酒，喝得晕乎乎了，就猫进被窝睡觉。对于即将到来的冬天，没有什么比睡个暖和觉、做个春梦还重要的事。那天接到陌生人电话时，我已喝得头有些炸疼。我拿着电话揉眼眶。

是个女的，声音很急促。

"告诉小东西她爸，我出事了……他们送我回缅甸。让他小心，别让小东西到井边玩！"

女人呜咽的声音淹没了一切。电话很快挂断。我觉得事情蹊跷，按来电显示的号码打了回去。我听到有人问，你好，这里是青岛××公安分局，请问找谁？我说我找刚才那个打电话的女的。那边沉默了会儿，问："你是她男人？"我说不是，我是他们邻居。那边"哦"了声说："那你找一下你邻居，让他接电话。"我说他们搬走了。那边说："哦。那就没办法了。他老婆在这里卖淫，被我们的人抓了，查她身份证，她说没有。后来被我们查出，她是缅甸人，几年前，被人从云南边境拐骗过来，卖给了一个山区的农民。她连男人是哪个镇哪个村的都不知道，除了蒙山话，她既不会写汉字也不会说普通话。你把她男人的地址告诉我们好吗？"

我说我也不知道。我只知道他是蒙山县的，几个月前，他就带着孩子去青岛找他老婆了，他们没找到她吗？那边显得有

些不耐烦,我说我能再和她说两句话吗?后来我再次听到她的声音,她只是哆嗦着说:

"别让小东西去井边玩,会掉到井里的……会淹死的……别让小东西去井边玩啊,掉到井里……淹死的……"

电话里传出争吵的声音,电话也在嘈杂的哭声和尖叫声中挂断。我握着电话有些懵懂。男人早就去了青岛,难道他没找到他老婆吗?他老婆怎么知道我的电话号码呢?我后悔没问得清楚一些。我再次挂电话过去,那边,已经没人接了。

9

那年冬天我终于离开了小镇。我没心情再等下去,再这么窝着,恐怕一转眼,我就老死在小镇了。我去了北京,是坐火车去的。是慢车,每过半个小时,火车就哐当着在不知名的小站卡住三两分钟。小站会拥上些像我这样的年轻人,扛着行李,靠着车厢的厕所门猛劲抽烟。

由于是冬天,大部分建筑工地都停工了。我的一身腱子肉并没有给我带来意料中的好运。我曾经去一家影视公司推销自己。这家影视公司在地下二层的一间仓库里。他们盯着我乱糟糟的头发、干裂的皮鞋和军大衣,似乎有些忧伤。也许,他们这辈子,还没碰到过我这么丑陋的民工。他们不清楚,我其实连个民工都不是。那个冬天,北京下了无数场大雪,北京在我印象中，一直是臃肿的、银白的、冰冷和绵软的，像一盘硕大的冰激凌。我的钱很快花干净了，在饿死之前，我想我最好还是离开这里，去别的地方。

那天我在木樨园地铁入口看到个拐子，正坐着乞讨。我知道他不是我的邻居，他身边没有小东西，而且这个乞讨者比我的邻居多才多艺，他弹着把吉他唱歌。我远远地瞥了他一眼，撮着手在附近转悠。后来我发现了家冷饮店。原来冬天也是可以吃冷饮的。我钻进去，找了位子坐下。"给我来份……草莓冰山吧，"我说，"有吗？"

"先生，请您先付钱。"服务员是个可爱的姑娘，戴着顶圣诞老人的红帽子，圆圆的鼻子让人感觉很温暖。

我把玩着塑料勺，盯着桌子上的食品。所谓的草莓冰山，也只是冰激凌上浇了些草莓汁而已。我舀了大大的一勺，目视着玻璃窗外流离的车辆和寒冬夜行人，塞进嘴巴，然后卷动舌苔，大口大口地、机械地咀嚼起来。

2003 年 5 月 3 日

曲别针

1

这个冬天的雪像是疯掉了,一场未逝,另一场又亢奋地飘上。"雪终将覆盖大地/就像新婚之夜/男人终将覆盖女人。"志国半躺在待客厅的沙发上时,想到了多年前的一首诗。无疑他对这些突然冒将出来的词汇略微有些吃惊,只好歪头窥视着那个收银小姐。她还在接电话。这孩子生得浓眉大眼,额头镶嵌的几粒青春痘,被灯光浸得油腻斑驳。志国觉得把她安排在收银台是酒店的失误。她的嘴唇一直水蛭那样尕动,"她的上唇和下唇,一分钟内碰了六十九下"。志国觉得难受极了,如果手里有把勃朗宁手枪,他会用枪膛轻柔地抵紧她的口腔,辨别一下她是否比别人多长了一条舌头。

身边的大庆不时打着呼噜。他这个人最大的优点就是即便在狗窝里也能睡得像死猪一样。浓烈的涮羊肉的膻气让志国险些呕吐起来。志国只好站起身，径自踱出酒店。肥硕的雪打着旋迷着眼，他只好又退回去。就在这时，手机的音乐响了。电话是苏艳打来的。他看了一眼号码就关掉了。这几天她疯了似的找他。他把手机揣进兜里，大声地对那个女孩子说："小姐，先把账给我算了。"

女孩子有些不情愿地放下手中的电话，拿着账单，开始按计算器。她皱着眉头的模样更丑了，志国突然发现，他还从来没有和这么丑的姑娘打过交道："那两个小姐的服务费怎么算？"

女孩子说："一个五十，两个一百。小费我们不管的。"

"吃巧克力吗？"志国掏出一板"德芙"，在她眼前晃了晃。

女孩子的脸上没有任何表情，她目视着他说："叔叔，把钱结了吧。"

她管他叫叔叔。志国问："我那两个客人，什么时候完事啊？"

女孩子恹恹地说："我怎么知道？他们身高体胖，看来谁都不是快枪手。"女孩子的话让志国吃惊。他没料到她会如此作答。他突然对她厌恶起来。厌恶来得如此猛烈，以至于他的手机再次响起时，那种古怪的铃声他丝毫没有察觉。

"先生，你的手机响了，"女孩子说，"你的音乐真好听，是王菲的《你快乐所以我快乐》。"然后她有些忧伤地说："王菲下个月要在红磡体育馆开演唱会呢，我什么时候能坐着飞机去香港听她唱歌就好了。"

你快乐所以我快乐？多么像是在总结男女做爱。那两个东北客户和那两个四川小姐快乐吗？他们去包间已经快三十分钟。他想起了其中的一个东北人。这个倒卖道轨的小伙子虎背熊腰，左臂文着一条蜥蜴，右臂上文着那个被人咬掉耳朵的拳击手霍利菲尔德。志国想如果他有第三条胳膊，没准他会把本·拉登文上。

"我签字。"志国说。

"我们这里不赊账的。"

"你是新来的吧？我是刘志国啊。去叫你们老板，"志国说，"把你们老板给我叫出来。"

女孩子舔舔嘴唇说："老板的孩子生病了，他正在医院呢。"

"我找你们老板娘。"

女孩子一边按电话号码一边说："我们没有老板娘。"

志国没说什么，付了钱。他想，那两个东北人，那两个从俄罗斯坑蒙拐骗道轨的东北人，那两个脖子上套着项链、满口爷们爷们我操我操的东北人，什么时候能把两个徐娘半老的四川小姐折腾完？他忧心忡忡地看了眼睡得像孩子似的大庆，咳嗽了一声。就在这时，那个男人和那个女人，从门外走了进来。那个男人很年轻，女人也不老。他们瞥了眼志国，又逡巡着收银台附近的摆设。然后，他们朝大庆旁边的沙发走了过去。他们从志国身边蹭过时，那个女人身上的香水味道让他觉得很舒服。他特意瞥了女人一眼。她身上的香水味道是那种橘子的清香。张秀芝用的也是这种香水。终日满脸疲惫的张秀芝每天上班之前，都会把橘子香水赌气似的喷到自己的脖子、头发、腋窝、皮鞋、戒指和裙摆上。然后她夹着那个样式老套的坤包，骑上自行车去上班。在她多年的修饰性气味里，志国一点一滴感受到，她正像一只新鲜橘子，慢慢地被日子风干了。

2

来酒店之前，苏艳已经快把他的手机打爆了。对于这个脾气急躁的女人，志国早就磨炼出了一副好耐性。"紧锅猪头慢锅肉"，志国经常教育她，遇凡事都急不得。他教育她的时候，手一直不停闲。他的衣服里经常装着几枚银色曲别针。很多时候，他一边注视着别人讲话，一边把曲别针掏出来。多年前他曾在一本杂志上读到一幅精美图片，上面是个叫路易斯·裘德的美国艺术家用曲别针弯曲成的小玩意，比如：一个沙漏，一只女人的乳房，一位单腿直立、伸展着手臂跳芭蕾的女孩，一棵树，一只小号。他佩服极了，他想他从来没有这样佩服过美国人。那一段时间，他对此简直是着迷了，有事没事就拿根曲别针练。他并不想做路易斯·裘德那样的艺术家，但他希望自己有那么一手。

可是那种冰凉的、坚硬的细铁丝在他的手里如此僵硬,他没能把它弯成他想象的小东西,哪怕是最简单的玫瑰也好,哪怕是那种抽象主义的小房子也好,相反,摊在手心里的那些半成品,是那种什么都不是的东西,或者说,至少他看不出它们像什么东西。还好,在经历过诸多次失败后,他好歹成了一个末流的曲别针艺术家:他能在几秒钟内将它弯成一把铁锹,或者一个女孩子的头像。

那次他和苏艳做爱,他的手没有抚摩这个臃肿肥硕的女人,而是闭着眼睛,在苏艳的喘息声中,把那根冰凉的曲别针弯成了一把铁锹。在最后的喷发中,他的手死死抓住那把在黑暗中闪烁着银光的铁锹一声不吭。苏艳匍匐在他身上,轻声抽泣着。她说她知道他早不爱她了,她为他生了个儿子后,她就成了一堆垃圾。"你总是这么心不在焉,你是不是又有别的女人了?"她最后去触摸他的手掌,把那根变形的曲别针扔了出去,"上次那个堕胎的姑娘,难道还缠着你?"

当他的手在衣兜里习惯性摸索时,他的眼睛一直逡巡着那个男人和那个女人。他终于看清了他们的模样。女人好像很漂亮,也就是说,她的五官挑不出任何毛病,妆化得很精细。她用的是那种玫瑰红唇膏,听说这种色彩的唇膏有个很好听的名字:"热吻不留痕"。这样她的嘴唇远远恍惚着,仿佛一颗尚未成熟即已饱满的樱桃。她坐在沙发上,掏出镜子用眉笔融了融眼线。她修长的双腿和臀部被那条呢子长裙紧裹着，很轻易就吸引了她身边的男人。男人的眼睛不时在女人的身上荡漾，间或说着什么。女人时不时盯着男人微笑。志国知道在这样的夜晚，男人的哪些言语最能打动女人。后来男人朝收银台走过来。这样志国和这个男人几乎并排地靠住吧台。他听到男人问：

"还有包房吗？"

一个嫖客和一个小姐。志国不动声色地摆弄着曲别针想，如果没有猜错，一桩皮肉生意又要成交了。他们无疑讲好了价钱。我总是喝酒后越来越清醒，志国想，我没有喝多，我为什么总也喝不醉呢？

志国和那两个东北客人喝了三瓶五粮液。在和东北人多年的打交道过程中，他对在寒冷地带长大的人慢慢充满了敬意。他们喝酒的时候从不打酒官司，除了显示了他们天生的酒量，志国体会到，和这些爷们做生意，最好别耍花枪，最好的方法就是胡同里扛竹竿——直来直去。就像这次道轨生意，他们即便喝酒的时候也没提到价钱，但志国知道，他们肯定会出一个最公道的价格。当然他对这次买卖有自己的一套想法，当这想法闪电似的划过近乎麻痹的大脑时，他的身体哆嗦了一下。

"对不起啊，我们这里的包房已经满了，"那个收银小姐放下手中的电话，"你们先在这里坐会儿吧。估计十来分钟后就有空房。"

这家酒店位置很不错，远离闹市区，肃静安全，很多客人都是冲这点来的。志国听到男人叹息一声，对那个女人说："我们去别的地方坐坐啊？你也知道，这里生意一向不错，又他妈满员了。"

女人除了笑好像就再没别的表情。小姐们最拿手的把戏就是永远蒙娜丽莎那样弱智地微笑。志国的手指一直在不停地运动着。他的手指修长白皙，无名指比中指还要长一截。谁也看不出这曾经是双钢铁工人的手。他用这双手在一家国有企业铸造过成千上万把"狼"牌铁锹，抚摩过九个女人的乳房和她们温暖潮湿的巢穴。现在他用这双手算自己的账。虽然最近他的锹厂生意冷清，但他还是相信自己能把那笔价值不菲的生意摆弄得得心应手。拉拉的药费永远是一只饥饿的胃。他只有不厌其烦地往这只胃里灌溉纸币。他除了灌溉纸币还能做些什么呢？

当大庆打着哈欠醒过来时，首先是对坐在身边的一对男女有点吃惊。他直着嗓子嚷道："小姐！来壶茶水！靠！渴死我了！怎么？他们还没完事啊？"

志国没有搭理他。他把那枚曲别针放在手心里：这是个女人的头像。女人的鼻子优雅地旋转，嘴唇启着，似乎在呼喊着最动人的语言。可是她的下巴有点突兀，像刀子打开时刀身与刀鞘形成的生硬弧线。

这个女人是……张秀芝？苏艳？还是这位沉默寡言的小姐？

谁也不是，志国想，她是他的女儿，拉拉。脸色苍白、终日拿药喂着、患了轻度抑郁症和自闭症的女儿拉拉。拉拉。可怜的拉拉，十六岁的拉拉。喜欢吃"德芙"巧克力和"绿箭"口香糖的拉拉。得了先天性心脏病、左心房和右心房血液流速缓慢、左心室和右心室时常暂歇性停止跳动的拉拉。拉拉。唯一的拉拉。拉拉。拉拉。

3

大庆的茶水还没上来，楼上突然就响动起脚步声。一个女人从楼梯口跌跌撞撞地跑下来。在众人不知所措的注视中，这个女人的哭声显得悲怆绝望。他们看到她的皮裙尚未拉上锁链，腰部的赘肉闪着白色腻光。"没见过你这么变态的！"女人的声音颤抖着，"小姐怎么了？小姐就不是人了？"她趿拉着松糕鞋，趁机拽了拽露脐紧身背心，然后麻利地将一件大氅裹住身体。她这才注意到那些好奇的眼神。"我先走了，"她拢了拢披散着的头发对收银姑娘说，"等玛丽下来，你告诉她我先回去了。让她小心点。真不是人养的！"

她慌里慌张地推开门跑了出去，然后志国看到那个东北客人走了下来。他脸色通红，朝志国挥了挥手，又向大庆递了支香烟。大庆接了，点着，愣愣地问："怎么了？发生什么事情了？"

"没啥，"客人狠狠地吸着香烟，"我还没见过这样的。"他扒着大庆的耳朵说着什么。大庆尴尬地笑了两声，去瞅志国。对于这个温和老练的老板，大庆一直抱着敬畏的态度。他想问问老板是否再找个小姐，这个客人一直是他们最大的货源。很显然老板对眼前发生的变故有点恼火。他没听清客人和大庆嘀咕了什么，可他仍然很恼火。老板恼火的时候通常肆无忌惮地笑。大庆盯着老板将一枚闪着亮斑的小玩意揣进裤兜，朝客人咧了咧嘴巴："再找一个！"志国拍拍客人的肩膀："心急吃不了热豆腐嘛。悠着点会更舒服，还用我教你啊？嘿嘿。"

这样志国只好再次打扰那个迷恋打电话的收银员。很显然收银员对他们抱了种敌意，她还从没遇到过能把小姐吓跑的男人。"我们这里没有小姐了，"她低着眉眼拨拉着算盘，"真是对不起，你们去别的酒店吧。"然后她朝那对男女挥挥手说："现在有空包房了，你们要吗？"

志国的手机就是这时又滴答滴答着响了起来。你快乐所以我快乐，志国才知道这音乐的名字。这音乐是苏艳挑选的。她能有什么屁事？她能有什么屁事呢？他转身对客人笑笑说："你稍等。你嫂子的电话。"

那个东北人说："算了算了，我先回旅馆。这里真他妈没劲。还是俺们东北那疙瘩的姑娘爽。"

志国拍拍他肩膀，然后去看那个男人和那个女人。他们正在朝这边猫悄着踱步。他关了手机，朝那个女人挥了挥手，女人诧异地问道："你有什么事情吗？"

志国说："这位先生给你多少小费？"

女人说："你说什么？"

志国说："这位先生出多少钱？"

男人把女人拉到一旁。女人的胸脯剧烈地颤抖着，男人冷笑着问："你刚才说什么？有种的话你再说一遍。"

志国寻思着说："我想把这位小姐给包了……你出了多少钱？我赔你双倍价钱好了。"

男人朝志国笑了笑："你以为我们是做什么的？也好，你给我一千元吧。一千元成交。"

志国觉得他从来没见过这么无耻的男人。志国发现那几瓶五粮液的威力似乎这时才真正发作起来。在酒店的灯光下志国发觉这男人其实已不年轻，他的人中很短，也就是说，他的鼻子和嘴唇之间缺少一种必要的距离。他说话的时候，那种不屑的表情让他厚重的嘴唇仿佛在瞬间无限扩张，让四周所有对称的物体也畸形起来，最后志国的眼睛里全是男人肉色的嘴唇了。他身上猎犬般冷清的气味和女人身上橘子香水的味道混淆在一起，让志国有种要呕吐的欲望。

"你有病啊？"大庆朝男人吐了口吐沫说，"你……你他妈的有病是不？凭什么给你一千元钱啊？"志国拍了拍大庆的头。他从来没有喜欢过这个喝酒后就颠三倒四的下属。要不是因为他们一起在钢铁厂做过十五年的工友，要不是他有个下岗的老婆和瘫痪了多年的父亲，他早把他解雇了。

"也好，"志国掏出一把钱塞给男人，"你数数。"然后他对那个女人说："你和我朋友去吧。"

女人的脸在灯光下扭曲着。志国没想到这个女人的面部表情如此丰富。他有点不耐烦地说："怎么？价钱好说，你们做完后，你要多少我给多少。"

女人的手就是这时甩过来的。志国没料到她的手这么利落地打在了自己的脸上。干燥的疼痛在腮边隐隐燃烧。还没等他反应过来，一把冰凉的手铐已经铐住了他的手腕。大庆和东北客人、以及那个叽咕着继续打电话的收银员全愣愣地盯着那个男人。那个男人几乎完美的动作让他们大开眼界。他们甚至没留意那把手铐是如何变魔术般抖动出来的。那把手铐像玩具一样牢靠地固定着志国的手。大庆留意到一枚弯曲着的曲别针从志国的手指间掉下来，志国没有在意，他只是笑着问男人："我要告你非法拘禁的。你的玩笑开得太大了。"

那个女人拍拍他的脸庞，她的手指间也散发着那种橘子香水的味道。他听到她骄傲地说："我们没和你开玩笑。我们是警察。"

4

那两个警察的车原来停在酒店旁的胡同口。他们开的不是警车。在他们把志国的身体强行推搡进车厢时，志国还没忘记对大庆喊了嗓子："把客人招待好！"后来他乖乖地把身体蜷缩在椅子上。屁股底下是一张暖融融的老虎皮毛。男人开车，女人坐在他身旁。车厢里弥漫着那种暖风烤煳了胶皮的气味，志国忍不住咳嗽起来。他的脑筋是越来越清醒了。他窥视到女人的身体向男人倾斜着嘀咕着耳语。志国突然发觉自己倒霉透了。他们没开警车，说明他们不是值班的巡警。从他们亲昵的表情猜测，这是两个关系暧昧的人。如果没有猜错，这个男警察和这个所谓的女警察只是出来约会。从他们进酒店的时候起，他们的表情已经证明了他们根本不是在执行任务，他们只是像其他的情人那样，在这个寒冷的夜晚出来约会，他们甚至想要一个包房。志国闻到自己的鼻孔里呼出浓烈的酒香。

　　车快行驶到市区的一条废弃道轨时，女人推开车门，袋鼠一样地跳了下去，志国听到男人温柔的声音："你打车回去吧。你身上带零钱了吗？"

　　女人的脸映在车窗显得很清澈。志国看到女人朝男人微笑着。她还拽出一条手绢，在嘴唇上轻柔地抹了抹，她在擦拭唇膏吗？她的唇膏是玫瑰红，志国想，喜欢玫瑰红的女人，都是愚蠢的女人。

　　男人开着车在大街上溜达。他好像并不是很着急回警局。他开始放音乐。当那首《花房姑娘》的前奏响起时志国有点吃惊，他没料到这是个喜欢崔健的警察，后来是那首《假行僧》，再后来是那首《红旗下的蛋》。在这个大雪弥漫的夜晚，被一个警察押解着去警局的路上，能听到歇斯底里的摇滚，志国觉得除了荒谬，好像没有别的解释。这样，这个警察和这个亵渎警察的锹厂老板在电吉他、贝斯、架子鼓和唢呐的喧嚣声中开始了似乎是漫长的行程。志国发觉那个最近的派出所已经过去了，但是车子还是没停。然后另一个派出所的招牌也在车子雪亮的灯光下一晃即逝。志国的头越来越疼，他不知道这个警察在耍什么花样。当那盘磁带卡带时，志国忍不住问："你是哪个派出所的？"

男人只是回头朝他笑了笑。然后他换了盘带子。这次是外国音乐，志国听到一个女人近乎天籁的嗓音在车厢里像教堂赞美诗那样宁谧地流淌。"喜欢恩雅吗？"男人问，"你应该喜欢恩雅。"

志国摇摇头。

"我认识你，"男人似乎自言自语地说，"你叫刘……刘志国是吗？你的笔名叫拇指。对，拇指。"

志国茫然地点头。他的手腕被手铐拘禁地疼痛起来，他试图去衣服里摸一枚曲别针，他总共试了十三次，每一次他的手指在手铐冰凉的桎梏下都摸到了那枚小巧玲珑的曲别针，但就是没有办法将它掏出来。

"我真的认识你，"那个男人说，"你以前在轧钢厂上班，还是个诗人，我读过你的诗呢。现在你是个私营企业家。我说的对吗？"

志国的头又开始疼起来，那个男人继续说："我上高中的时候还买过你的一本诗集。诗集的内扉页有一张你的朦胧照，你也老了呢。"他似乎有些伤心地念颂着，"那时每天睡觉前我都会读上两首，不读你的诗我就睡不着觉，可是，"他扭过头，志国看不清他的表情，"如果不是那些神经病才读的诗，我他妈早考上名牌大学了！"他似乎商量着问："如果不上那所破警察学校，我用得着深更半夜地来查岗吗？你以为警察是那么好当的？"

志国对这个警察的任何行为和言语都不会再吃惊了。"是吗？"他恹恹地回答说，"你这是带我去哪儿啊？"警察没有言语，志国的手机铃声清脆地响起来时，他失望地叹了口气。这次肯定是拉拉打来的。拉拉每天晚上十点钟的时候都会给他打手机。志国不回家，拉拉就睡不着觉。

"我能接个手机吗？"志国问。

"不能，"警察说，"我不喜欢犯人接手机。"

志国不吭声了，他发觉这辆行事诡秘的车又回到了那条废弃的道轨旁。这条铁路是解放前修建的，现在再也没有火车从它身上碾过。志国有时开着自己的车从这里路过，总是看到路轨伸展着生锈的臂膀捅向远方。他搞不懂政府为何不把它拆掉。

现在他更搞不懂为什么那个女警察又出现了。她站在马路边上朝这边挥手。后来她进了车子，志国这才发觉她换了身衣服。那条曾经裹着她修长大腿的呢子长裙被一条有点肥硕的西服裤代替。她上身裹着件红色的羽绒服，臃肿不堪。他听到男人问道："事情办好没？"

女人说："好了。我们回派出所吧。"

5

志国在两个警察的陪伴下到了路西派出所。看到派出所的牌子时，志国嘘了口气。男人和女人把他拽下车，领着他进了一间审问室。屋子里很暖和。志国问："我可以打手机吗？"

男人蹙蹙眉毛，从他衣服里拽出手机，攥在手里溜了两眼，顺手扔到旁边的床铺上。女人面无表情地坐在椅子上。志国发现穿着羽绒服的女人比穿套裙的女人要老很多。她的嘴唇是那种冷静的暗红色。她眼神里那种甜蜜色彩也消失了，相反，她锐利的目光让她看上去像头苍老的秃鹫。她看上去好像真的是个警察了。

接下去女人开始问他的姓名职业性别和民族。女人平淡得近乎厌倦的声音让他困顿起来，酒精的威力突如其来地发作了，志国的眼睛突然一跳一跳地疼起来。他舔舔干瘪的嘴唇问："我的手机响了，我能接一下吗？"

男人暧昧地笑起来。他笑的时候，颇为肉乎的鼻子像卡通片里的刽子手那样颤抖着。"你现在还写诗吗？"他问。

"我能接下手机吗?"志国说。

"你以前的诗写得真不错,我会背诵不少呢。"

"我接下手机好吗?"志国问。

"让你的泪落在我的脚趾上／让你心室的血／流在我的灵魂上,呵呵,好诗啊,"男人朝女警察挤挤眼睛,"为什么连诗人也变得这么无耻啊?"

"让我打手机成吗?"

男人和女人对视了两眼。"你还想联系小姐?"男人呵呵笑着说,"这么晚了,小姐早他妈卖掉了。"

"刘强在这里上班是吗?"

女人狐疑地盯着志国,志国就说:"我和他是高中同学。"

志国又说:"我打个手机好吗?"

男人和女人的脸色都有些不好看。很明显他们没有料到志国和他们的所长有这层关系。男人说:"我给你打好了。不过这么晚了,他好像睡了吧。"

志国听到男人的声音在耳朵旁边绕来绕去。他觉得自己的头快要爆炸了。他听不清楚那个警察在说些什么。他只是觉得皮肤开始起那种细小而琐碎的鸡皮疙瘩。他的眼皮也在空调格外暖和的风下渐渐歙动着,恍惚中手机又焦躁不安地爆炸了。那个男人的牵强附会的笑声和女人娇嫩的嗓音被另外一种空旷的、暧昧的声音搅拌着。他最后听到男人说:"那这事情就好办了。我们罚点款就行了。要不我们也不会这么生气,他把小夏当成了小姐！还硬拉着她去陪客！是啊……今天本来是小张和小王值班，后来他们有点事，和我们换班了。谁能想到会遇到这码事情呢。好了……好的，我知道怎么办。"

男人放下电话，把志国的手铐卸掉。"我们刘所长说，罚款就不用交了。他叮嘱你快回家。别再喝酒了，"警察讪笑着，"他说，他不想你喝酒后再给他添乱。"

志国没搭理他们。他攥着手机出了派出所。后来他扶着一棵梧桐树呕吐起来。他终于在手机再次响起的时候听到了一个人的声音。他听到苏艳冷冰冰的声音。"你儿子有病了，住了三天医院了，肺炎，你再不来他就死了。"

他没有回答。他关了手机。他从来搞不明白那个叫雅力的两岁男孩到底是不是他的儿子。苏艳当小姐的时候很火，她那时身材苗条，风情万种，是只盛满了各种型号男人体液的温暖容器。她为什么看上了一个四十岁、有点轻度阳痿、手里没有几个钱的小老板呢？她爱他哪一点？他知道苏艳就等着拉拉死。她坚信拉拉死了，他就可以和张秀芝离婚了。

他开始给家里打电话，在打电话时他的手指又开始忙碌起来。他把手机夹在肩膀和头部中间。电话是张秀芝接的。她对他模糊的口齿和颤抖的声音没有吃惊。"你又和那个女人在一起是吧？你到底想怎么样呢？你到底想要什么呢？"她急促的喘息声让她自己激动起来，"要不是为了拉拉。要不是为了拉拉……"

"……"

她哽咽着说:"我今天又找苏医生了。他说,拉拉……拉拉……"

"……"

"拉拉……可能撑不过这个冬天。你早就盼着她死了,我知道,你是只没有良心的狼,喂不熟的狼。我知道。我什么都知道。我能有什么不知道的呢?"

"我没力气和你吵架,"志国说,"我一点都不喜欢和你吵架。"

张秀芝沉默了半晌。他知道她又在流眼泪,她的泪囊已枯萎多年,即便她哭时,也不会有咸湿的液体顺着鼻翼爬上嘴唇。每当他看到她悲伤的面孔,就会想起她年轻时的模样。他还记得在农村插队时,知青们一起割稻子,张秀芝似乎是那种天生的割稻能手。她悄悄地蹲到他身边,挽着裤腿,露出青筋毕暴的脚丫。她那时多瘦啊,还扎着两支小刷子。一会儿她就落他好远,然后直起身,呼哧呼哧着朝他笑,胸脯高耸着剧烈地起伏……她笑的时候其实很丑,她从来不知道她笑的时候很丑。她从来不知道他喜欢她丑丑的样子。

"我很累,"志国听到她把嗓子压得低低的,"我就快撑不住了,"她叹息着说,"真的,我真的快撑不下去了。"

他没吭声,手指间的曲别针在瞬间变成了一个女孩子的头像。他蹭着她的嘴唇。她不会说话。他多么希望她能说点什么。这么想时他的眼睛湿润了。

6

志国是在派出所旁边的胡同口发现那个女人的。她裹着件棉大衣，在路灯斑驳的光线中靠着墙壁抽烟。她好像朝他摆了摆手，他就犹豫着走了过去，在行走过程中，这个女人的眉眼随着光线的变幻而呈现出各种不同姿态，有那么片刻，志国仿佛觉得他正在向很多个女人走过去。当他逼到她身边时，他注意到她眼睛很小，嘴唇由于寒冷哆嗦着，他甚至闻到她身上淡淡的狐臭味。她掐掉香烟，一把攥住了志国的下身。"你……冷吗？"

志国和那个女人做了很长时间。他没料到，在派出所的隔壁就是小姐做皮肉生意的场所。他本来想把她带给那两个东北人，他相信他们更喜欢和一个女人玩刺激的游戏。但是后来他改变了主意。在他脱衣服之前，那个姑娘佝偻着身体将床单裹卷着塞进沙发。他甚至没有看清她的模样。她褪掉他的长裤和袜子，开始亲吻他胸部的几根肋骨。"你真瘦啊，"她厚实的舌苔机械地顺着小腹往下滑。他哼了一声，开始亢奋起来。女人没料到他如此粗暴，他从后面搂紧她，几乎是凶狠地进入她干燥的身体。女人似乎有些厌烦。"我不喜欢这种姿势，我们换个别的，"她命令道，"我不喜欢像狗那样做，真的不喜欢。"他还没有回答，女人已经像个柔道高手般把他摔在床上，然后坐在了他的身体上。她好像很陶醉的样子，她的嘴唇是紫色的。她和苏艳多么相像，连喜欢的做爱姿势都同出一辙。他的手又开始不安分起来，他开始抓床单，她把他的衣服甩到哪里去了？后来他拽到了一张报纸，这样把报纸窸窣着展开时，女人的脸倒映在那些似乎蠕动着的汉字上。他觉得这个女人成了皮影戏里那种单薄的、毫无色彩而言的木偶。她的手臂和她柔软的大腿正被一辆卡车压成一张皮，没有血肉和骨骼的皮。在这只木偶越来越疯狂的动作和技巧性的喘息声中志国读到了报纸上的新闻：

英特种兵迟了半步　突击搜捕竟与拉登"擦身而过"

伦敦讯，据英国报章报道，英军特种部队士兵较早前突击阿富汗南部山区一处怀疑拉登匿藏的洞穴时，竟和拉登"擦身而过"。

英国《星期日邮报》报道说，英军空降特勤队一小队士兵，近日在塔利班大本营坎大哈东南部山区的洞穴与拉登的同党爆发激烈战斗，有四个英军士兵受伤。

当英军在此次战斗结束并审讯战俘的时候，才得知本-拉登，仅仅在约两小时前离开该处。英军相信，拉登正是在得悉该次战斗爆发后，才匆忙逃走的。

他把报纸翻转过来时手机响了，那个女人似乎才醒悟过来："你有病啊？"志国看了看她的脸："你接着做，接着做。"女人恹恹地嘀咕了两声后，又开始摇晃起身体。这样志国的眼睛又读到了那些晃来晃去的字：

超级充气女郎

本品由美国原装进口。它选料独特，仿真人如处女，具有震颤、按摩、震动、抽吸等各种功能组合，犹如身临其境，性感刺激；设计有处女膜，震动按摩频率可以五级调节，直到您满意为止。将其充气后，形象活灵活现，也可放置于房内作为一件精美的艺术品摆设，顿添室内光辉。商品重量：1 KG；商品价格：￥1680.00。

他把报纸揉巴揉巴扔了，问女人："完事了？"

他这才发现她竟然早穿好了衣服，正蜷在他脚底下打量着他。"你有病，"她安慰他说，"你该去看看心理医生，"她像是真的在为他担忧，"你的东西一直硬着，但它不是你自己的。你没有快感吗？"

"多少钱？"

"你看着给好了。"

志国开始掏钱，这时他才想起来，在酒店里，他把所有的钱都给那个警察了。"对不起啊，我没带钱。"

女人问："是吗？"

志国说:"是啊。"

女人冷笑起来。"你有病。你是不是从精神病医院跑出来的?"她直起身蹭到他身边,一把揪住了他的下体,然后附着他耳朵说,"你他妈真的有病!"志国没料到这个女人扇了他一巴掌。她竟然扇了他一巴掌。这是他第二次挨耳光,他一天中竟然挨了两次耳光。"我没见过你这么不要脸的人!"她喧嚷道,"我为什么老是碰到这么下流的男人呢?我想过年回家!我只是想过年回家!你们连路费都不给我!"

志国相信这个女人可能患有轻度狂躁症,接下去他发现这个不可思议的女人开始搜索他的衣服,她老练的动作惹得他很不开心。当她把那个透明的水晶珠链从衬衣里拽出来时,他才吼了一嗓子:"别动那个东西!听到没有!"

女人怔怔地瞅着他。后来笑了笑。她把那串透明的链子塞进了自己的袜子里。志国裸露着身体冲过去。当这个女人的笑容还没有结束之前,志国已经卡住了她纤细的脖颈。女人一把推搡开他,他的骨骼并没有她那么粗壮。她在做皮肉生意之前肯定是个优秀的拳击手。当她的第二拳击打在他的鼻子上时,他闻到一股浓烈的酒的香气,他甚至相信那些优质高粱酿制的美酒正从身体的每个毛孔安静地流出来,甚至流到了这个女人身上。这激发了他的骨骼和肌肉的协调性:当他发现女人被自己像玩具在地板上摔来摔去、一摊黑色的血粘着她浅黄色的短头发时,他愣了一会儿。他想,他只是想吓唬吓唬她,结果她真的被吓唬到了。她软绵绵的身体瘫倒在自己的脚趾下,仿佛一条被剥离了脊椎的蛇。她手里攥着那条水晶珠链。他不知道她什么时候把它从她那双散发香皂气味的纯棉短袜里拿出来的。没人会得到不属于自己的礼物,哪怕是条价值四元钱的地摊货。他吹了吹链子上的尘土,用舌头舔掉了上面的血迹。这是拉拉送给他的,他想,竟然有人想无耻地偷窃拉拉送给他的礼物……他踢了踢女人的屁股,女人似乎变成了一条吃了安眠药的鱼。

她再也不会扑腾了,他有点伤心地琢磨,也许,她再也不会骑在那些男人的身体上,做垂直活塞运动了。

7

他没料到出了女人房间时,再次邂逅那个男警察和那个女警察。也许他们发现了他,志国恍惚觉得那个男警察朝他挥了挥手,也许根本不是他们,这么晚了情人是不会出来散步的,这个时候他们肯定正在派出所的某个房间里做爱。也许他们什么都没做。谁知道呢?

志国呼口气,他凝视着嘴巴哈出的气息和雪的颜色一样瘦。那两个东北人命真大,他本来想今天晚上把这两个五大三粗的家伙干掉。即使干掉也没有人会留意,那个黑社会模样的家伙其实是傻×,他们鬼使神差地路过他的城市,又鬼使神差地和他签了一大笔生意,预付了二十万货款,他把他们埋进这个下雪的冬天应该是个不错的选择,至少不会再有小姐担心被啤酒瓶骚扰。他已经联络好了街头的几个黑社会头目,他甚至已经交了三万块定金……可是他现在什么都不想做了。他想,他真的什么都不想做了,不是做不成,只是不想做,如此而已。

他打开手机,然后靠着一棵秃树,眯上了眼睛。他总是这么累。一辆出租车从他身边缓缓驶过,有人在问什么话。他什么都没听到。他什么都不想听。他的耳朵紧紧贴住手机的银白色盖子,然后,他听到了一声轻声轻语的问候:"是爸爸吗?"

他没吭声。女孩子的声音毛茸茸的:"我知道是你,爸爸。"

他的眼泪流了下来。

"快回家吧,妈妈都睡着了。你觉得待在外边比待在家里舒服,是吗?"

他好多年没哭了,他听到女儿柔弱的呼吸声:"我爱你,爸爸,妈妈也爱你,爸爸,你也爱我们,是吧?"

他嘟囔了句什么,这时他发觉他已经把手机关掉了。他开始搜索衣服的各个角落,后来,他总共摸到了十四枚变形曲别针,有两枚是铁锹,剩下的,全是一个女孩瘦削的头像。"我为什么总也不能把它弯成一支玫瑰,或者一个跳芭蕾的女孩呢?"他的手指在瞬息间变得灵动起来,他命令自己的手在瞬间变成路易斯·裘德的手。他相信他的手指已经变成了路易斯·裘德的手指，几分钟后，那些曲别针似乎真的变成了他想象中精妙绝伦的小玩意：一条狗、一支玫瑰，还有一个跳舞的孩子。好了，他想，我就是路易斯·裘德。他嘿嘿地笑了两声。然后摊开手心，仔细盯着那些什么都不像的曲别针。

后来当他把十四枚曲别针塞进嘴巴时，他使用舌头卷了卷，那种冰凉的滋味和亲吻拉拉时的滋味仿佛。更让他略微吃惊的是，他平生第一次发现，他的牙齿如此尖锐，他以为他的牙齿已经被香烟、烈酒、豺狼一样的生意人、女人的体液、多年前那些狗屁诗歌腐蚀得烂掉了。然而，那些曲别针，似乎真的被他的牙齿咀嚼成了类似麦芽糖一样柔软甜美的食物。当那些坚硬的金属穿过他的喉咙时，他的手指神经质地在衣服的角落搜寻。他相信，如果运气不错的话，当那些玫瑰、狗和单腿独立的女孩在他的胃部疯狂舞蹈时，他还能摸到最后一枚。他的运气总是不错的。

2002 年 1 月 2 日

蜂 房

1

发烧的那天晚上,阴历八月初二,是我招呼朋友们喝的酒。我的意思是喝点酒,没准烧就退了。我想不起来是否呕吐过。不过我记得我量了体温,三十七度六。量完体温我打开电视。我喜欢看本地卫视的《魔术揭秘》。主持人是个比鹭鸶还瘦的男孩,在揭露魔术障眼法的过程中常常忘了台词,这让我怀疑他其实是个狡猾的魔术信仰者,他揭秘的目的不是让观众对魔术失去信心,而是让观众更加迷恋魔术。可惜看着看着我就睡着了,等被电话惊醒,电视里正推销一种治疗脑淤血的精密仪器。

"睡了?"
"是的。"

"还烧吗？烧的话用冰块敷敷。冰箱的冷冻层里有两袋冰块。对了，还有两根小豆雪糕。你吃一根吧。你晚上去哪里了？"陆西亚的声音很小，"睡吧。明儿早晨我给你煮粥。"

"亲亲我……"

"要是烧得厉害你就盖棉被。棉被你知道放哪了吗？对，就在柜橱的顶层，上面全是冬天的毛衣。棉被里有臭球，你把它拿出来，放到床头的抽屉里。明年还能接着用的……"

我刚挂掉电话，铃声又响了。"还有什么事，西亚？"

没人说话。我听到一种类似动物的粗重喘息。

"西亚？"

一个男人的声音："靠。西亚谁呀？我不是西亚，不认识我了？你怎么样，三哥？"

"……"

"怎么？听不出来啊？彪乎乎的！连我的声音都听不出来！"

"老四吗？你是老四？"

"没错，是我！我在富丽华酒店唱歌呢。"他憋嗓子说普通话，口音里那种洗不掉的海蛎子味儿被冲得很淡，"唱着唱着就突然想起你们这帮货，就翻电话簿，打了七八个电话，就你的打通了！这帮家伙怎么都睡这么早啊？"

我就是这时犯的酒劲。酒劲上了我就磕巴，而且声音哽咽。我相信当初老四被我打动，可能正是因为我煽情的腔调给他造成了错觉。

"你别哭，我好好的。我这不好好的吗？"接下去我忘记他说了些什么。他是我大学时的铁子。我反复揣摩着他的模样。我们有七八年没见面了。这七八年里，关于他的消息凤毛麟角，那些老同学提到他时总是轻描淡写，譬如他们说，"老四和人打仗进局子了""老四花三万块钱进了财政局""老四结婚了""老四贪污公款二进宫了"。之后关于他的消息就没有了，在我印象中，他还在监狱里蹲着。

"我很好，你放心吧，三哥。"

短暂的热情过后，我们都陷入了沉默。窗外夜行车的光亮不时滑筛出柔弱的光亮，光亮里一些飞蛾扑棱着飞。我觉得该是告别的时候了：

"有时间……过……过来玩吧。挺想你。"

"好。再见啊三哥。"

放下电话我就在沙发上睡着了。我太需要睡眠了。最近几天我总是无休止地做梦。

2

每年九月中旬，我都会生场病。也不是什么大病，无非是痢疾、感冒或者干燥性鼻炎。时间很短，床上躺两天，打几瓶点滴，也就痊愈了。但今年这样的持续低烧让我烦躁。在家休息了三四天，吃了瓶扑尔息痛，上身还时常拱出一小串冷。我只好穿上了陆西亚给我织的毛衣，这让我有点滑稽，我下身还穿着短裤。我去喝酒时也这种打扮，他们嘲笑我真是个有个性的公务员。

生病之前我刚送走周虹。她是我的高中同学。高中毕业后我就没见过她。那时她常和我钻一条修建于抗日年代的破地道。黑暗中她喜欢搂紧我的腰，贴着我的耳朵呢喃，她"一生中最大的理想"，便是离开这座以地震著名的城市。"我害怕地震，你想想吧，那些十几层的楼房在三秒钟内坍塌，然后楼板、家具、粮食、下水管道钢管、粪便和熟睡的邻居，统统压在我身上，把我的肠子和脑浆挤出来，"说到这里她身体通常象征性地颤抖两下，"我觉着，我早晚有天会被地震逼疯的。"大学时我们鲜有联系，对她的贸然来访，我多少有些意外。她在小镇待了两天，她说这次是因公出差，到北京采访一位地下电影导演，这导演拍的一部纪录片，刚在康城国际电影节上获了独立单元奖。"我顺便来看看你，"她吸着香烟说，"你没什么变化嘛，和你十八岁时一样老。"

那天晚上周虹在我梦里出现了。她穿着条藕黄色连衣裙，在操场上做广播体操。她连续不断地做着起跳运动，一刻也不停歇。我觉得疲惫至极，睁开眼，已凌晨三点。我拿出支香烟，还没抽，手机突然响了。

"是三哥吗？"老四的声音略显疲惫，"我现在到山海关高速路口了。你开车来接我吧。我朋友对京沈高速不是很熟。"

"你说什么?"

"你打个车来接我吧。我朋友开宝马送我来了。我们不知道怎么走了。"

"送你去……去哪儿?"

"唐山啊。你不是说让我有空去看你吗?"

我一下子变得比没发烧时还清醒。我想他一定疯了。除此外再没更好的理由。要么他就是和我一样在发烧,甚至比我烧得还厉害。他在的那座城市,那座盛产广场和美女的城市,离我这儿足有两千里,他深夜来看我?

"我从没去过山海关,"我尽量保持冷静,"山海关离我们这儿还有三百六十七点五华里,"我希望能尽量用数字说明问题,"你让你朋友送到唐山。到唐山给我电话好吗?"

他爽快地应允。我手里攥着手机,开始琢磨是否收拾下我的狗窝。对于远方来访的朋友,我的房屋过于邋遢,而且电冰箱都变烤箱了,电饭锅开关经常漏电,客厅的木质地板已半年没打蜡,堆砌着杂志、脏袜子和避孕套。当然,我只是这么想了想,我想的时候已经睡着了。也许我本来就是做着梦想这些事情的。

3

早晨七点,老四来电话说,他到了唐山。我开始在房间里走来走去，我怀疑我打算去接他的想法是否正确。后来我给西亚留了便条，说我出去一趟，早饭她自己吃好了。然后我打了辆出租。小镇离市区尚有七十里。司机是个新手，开车比蜗牛还慢。到了市里又接连碰到堵车和红灯。老四大概等得不耐烦，其间又打了七次电话。他说，朋友已开车返回大连。他说，他正在顺着北新道收费处往南走。他说，他很饿，昨天晚上他没吃饭，只喝了两瓶白兰地。最后他问：

"你们这里怎么这么多蜜蜂？刚才有个小伙子骑车经过，竟被蜜蜂蜇得连人带车栽倒在路上！天，我的天，"我听到他惊诧地喊叫声，"它们又来了！黑压压的……"

我见到老四时，他正躲在一棵松树下。他的样子让我觉得很可笑：他的两只耳朵上分别裹着两条黄色塑料袋，一个公文包像朝鲜妇女顶着瓦罐那样技巧性地顶着，而两只手缩进了衬衣袖口，总之他把自己裹得密不透风。见到我时，他眼睛里流泻出的惊恐之色尚未退却。这样他耳朵上戴着两只干瘪的塑料袋和我拥抱。这和我想象中的相逢场景驴唇不对马嘴。

"你们这里有很多养蜂场吗？"他说，"刚才飞过来一群黑云，近了才看清，原来是蜜蜂，没有十万只也有九万九。"他推了推眼镜。他以前的黑框眼镜换成了无框树脂眼镜，这让他的脸比多年前显得虚胖。"刚才有只小蜜蜂，竟然飞进了一个女孩的耳洞里，被卡住了，疼得那女孩又哭又叫，眼泪把脸上的妆都冲花了，我帮她取了出来。"为了证实他的话，他把我领到了一个垃圾箱旁边。我真的看到了许多蜜蜂的尸体,金灿灿地铺了薄薄一层,有几只还在蠕动。"这是落帮的,被人用笤帚打死了,"接着他问,"我头上有疙瘩吗?有好几只刚才蜇到我了。"

我说没有。我留意到他的白色鳄鱼T恤浸着红色污渍,无疑是洒溅的红酒,他的皮鞋也没打油。我闻到他身上散发着女人的香水味儿。他好像并不是刚从监狱里出来。

我和他互相换烟抽。我想表达一下我对他的感激,或者试图恢复到大学时代那种亲密无间的状态。这种念头和见到周虹时的念头完全不同。见到周虹时我已经认不出她了,她变成了另外一个人,对陌生人应该保持必要的距离,我只朝她笑了笑。她黄色的毛寸和灰褐色的套装让她仿佛是颗烈日下暴晒的核桃仁。像多年前打招呼的方式一样,她朝我挤挤眼睛:她的单眼皮已经拉成双眼皮,浓密的假睫毛把她的眼仁割成许多片幽暗的碎光。大家都这么干燥。

"我没耽误你工作吧?今天好像是礼拜一,"老四问,"你有摩托车吗?"

我说有一辆,但去年出车祸时被撞得粉碎,就剩俩破轮胎和一个发动机了。

"要是没毛病就好了,"他指着香烟盒说,"西柏坡是不是在你们唐山?你上你的班,我骑摩托去西柏坡玩半天,晚上再找你喝酒。"

我说西柏坡在石家庄，离我们这里有千把里地。

"那很近啊。骑摩托大概四个小时就能到。"

我耐心地告诉他，坐特快火车到西柏坡也要五个小时。去那个革命圣地要经过天津、廊坊、北京、正定、保定、巨鹿，再说了，高速让骑摩托车吗？

"能行，"他满有把握地说，"我在大连就常常上高速飙车，最快时两百迈也有了。我去沈阳都是骑摩托，尤其是晚上飙车，车少，特别爽，我从不戴头盔，戴上头盔就看不到星星，也听不到滨海公路旁的涛声。"他似乎留意到出租车司机抿着嘴窃笑，他安静下来。七个小时的旅途终于让他彻底放松了。他的头仰靠着座位，眼睛盯着车棚。

"你结婚了吗？"

他说："两年前就结了。"

"有孩子了吗？"

他说"没有"，他笑着解释，他老婆总共怀了四次孕，但每回都是五六个月时，闷死在子宫里。"如果他们还活着，最大的那个，应该都会跑了。"

我觉得我该安慰安慰他，可他没有丝毫沮丧或者忧伤的神态，看上去就像在谈论别人的事情。"没孩子好，离婚方便，"他盯着我，"结婚有什么好处？什么好处都没有。我以后是不结婚了，不结婚，有些事情能解决得更方便。你们这里的小姐便宜吗？我昨天晚上包了个鞍山的，一小时一百五。她叫得真干净。天……三哥，那些蜜蜂。看，蜜蜂。"

我朝窗外看去。一堆黄云正沿着高速公路上空流淌，在耀眼的阳光下，它们仿佛是块液化了的金子。它们流动的速度一点不比我们的车缓慢。隔着玻璃窗我们能听到那种翅膀急速震动的巨大声响。后来连车玻璃也随着声响开始共振。它们飞得越来越低。我们屏住呼吸，浓烈的花香已经弥漫在空气里。

4

到达小镇，已经是中午一点。我带老四去了快餐店，靠临窗的位子坐下。天气很热，座位旁边刚好是台柜式空调。我要了两杯扎啤、一盘红烧泥鳅、一盘香菇鸭片和一盆牛尾汤。老四盯着窗外的小商贩发呆。我突然想起来，前几天周虹来访，我们来的也是这家快餐店，坐的也是临窗的座位，我们也要了两杯扎啤，甚至那天点的菜和今天的完全相同。当我意识到这一点时，我有些不安起来。

他或许真的饿了。上大学军训时，他一顿早餐就能吞掉五个花卷。现在我盯着他在五分钟内干掉了一扎啤酒，吃掉了四条泥鳅，啃掉一节粗壮牛尾。他吃泥鳅的方式很独特：他揪着泥鳅尖细的黑色头颅，牙齿间轻巧地一撸，等牙齿咀嚼时，他的手指间只捏着条长骨刺。有那么片刻，他望着手指上的鱼骨不知所措，像不相信那是他吃剩的。他乜斜着我，咧嘴笑了笑。我很欣慰他这么能吃能喝。我想起来这个擅长失恋的家伙，每次和女人分手后，自己喝斤"烧刀子"，床上滚一宿，翌日起床他就会忘了那些应该忘记的人。他一直是个聪明人。

"这是我的离婚协议书，"他犹豫着从公文包里掏出张纸片，"她不肯签字。她就是不肯签字。"他的手指搅拌着杯子里的啤酒，间或将手指头塞进嘴里，婴儿那样吮吸着。

我留意到一只蜜蜂停驻在玻璃窗上。它圆润的小腹晶莹剔透。我突然想起了高速公路上的那群蜜蜂。它们到达小镇了吗？

"我们结婚两年半了，这张协议我签了两年零五个月。我就等着她心甘情愿地签字。我不想逼她。"

我突然想点支香烟。我对这样的谈话缺乏兴趣，但我必须流露出那种渴望倾听的欲望。而这似乎颇为重要。可为什么这些失去联系十多年的人，在这个秋天，千里迢迢跑到小镇和我喝酒？他们只想暗示我，他们过得多糟或者多好？他们以为我比他们活得多好或者多糟？那天，周虹在酒桌上提到了她丈夫。她说，那个比她大二十岁的儒商是业界天才，经营着一家房地产公司，身价逾亿。她说话的口吻并没有炫耀的成分，她只是把这个事实传递给我，是的，她只是让我和她一起骄傲。在旅馆里我们吃了很多芒果。她用瑞士军刀把芒果切成薄片，递给我时她犹豫片刻，后来，她走过来，对我说，张开嘴。我就张开嘴。她说伸出舌头，我就把舌头伸出来。我为什么要张嘴，我为什么要伸舌头呢？我不仅张开了嘴，伸出了舌头，还把芒果片小心地吞咽下去。一起吞咽的还有她的手指。她的手指有点咸。她的手指蹭着我的牙齿。不光蹭了我的牙齿，还蹭了我的嘴唇、鼻子和喉结。当她抱住我的头颅时，我的耳朵贴住了她温热的、跳跃着的乳房……后来所发生的细节，我没任何记忆，我只是感觉我被她硬生生地强奸了，而不是我和她愉快地通奸。她已非多年前那个害怕地震的女孩。她那时最怕天花楼板把她的身体挤成三明治。她以后不用害怕这些东西了。多好。

"你别劝我，没用，你不知道我多厌恶她，"他安慰我，"天下最毒妇人心，她是我这辈子遇到的最厉害的女人。我真想弄死她。"他声音亢奋起来，"她已经给他们家人写了遗嘱，说哪天她要是死了，一定是我干的。"他把另一条泥鳅剔成一根骨头："三哥，电视，你看，电视……我没忽悠你吧？"

快餐店的电视里正在播报午间新闻，几个客人也在看。我听到女播音员有些颤抖的声音：

今天上午八点，我市出现群蜂。它们成千上万地徘徊在市区。十二点正是下班高峰，已有数十名路人被蜜蜂蜇伤。为保障市民安全，市消防支队特勤二中队的消防战士穿上密不透风的防蜂服，开始力克群蜂。只见消防战士手拿高压水龙头，对着树上、电线杆、墙上的群蜂用水一阵猛冲，蜜蜂如密雨般纷纷落下，顷刻间，整条路上全是蜜蜂尸体。半个钟头后，机场中路的蜜蜂被彻底清除了。消防车又开向其他被蜜蜂占领的路段。

电视里配合着蜜蜂被歼灭的画面，那些蜜蜂的尸体像黄金覆盖了路面、消防车的顶盖，还有几只不时撞向摄像机镜头。电视里水龙头的哗哗声、消防人员大声吆喝的声音和过往行人惊恐的尖叫声将画面渲染得有些像恐怖片。

"你们这里经常这样吗？"老四看起来有些慌乱，"你们这里不是流行地震吗？怎么现在又流行蜜蜂了？那么多蜜蜂从哪儿飞来的？"

我说我也不知道。我也从来没见过这么多蜜蜂。以前只有春天时，南方的养蜂人才会开着卡车，拉着蜂箱来这里采蜂蜜。

"我想洗澡，你带我去桑拿成吗？"老四擦着眼镜，不时观望着窗外，"那些蜜蜂不会跑你们小镇来吧？蜜蜂很厉害的，美国内华达州一九九六年就出现过蜂灾。那次总共有十六人被蜇死了。"

我说请他放心，小镇上会很安全。我这么说时其实心里也很不安。后来我说，你要洗澡的话，家里有热水器。不过你要真喜欢桑拿，小镇上也有两三家。

"那就别去了，在家里洗。这些泥鳅真不错。多少钱一盘？这么便宜？我干脆带回大连好了。味道真香。"

出饭店时他没提那盘泥鳅。他已忘了它。我觉得我有必要带他去泡桑拿。他这么远跑来和我喝酒，我为什么不能给他找个女人轻松轻松？当然，我很害怕被警察抓到。像我这种公务员，被人知道找小姐会是件丢脸的事。我给单立人打电话。单立人是我表弟。单立人不光是我表弟，还是个很有办法的人。

5

单立人找了个比较熟的女人。他说她捏骨的技术不错。我问他为什么不找两个？他愣愣地盯住我说，你发烧了吗？在他印象里，我应该是那种宁愿用手解决问题也不愿碰小姐的胆小鬼。也许我本来就是个胆小鬼。我长了三十年，没和同学打过架，没和同事红过脸，没和领导顶过嘴，没吃过女人豆腐，没搞过朋友的老婆。他们明着夸我是个老实人，私下里骂我是面鱼。知道什么是面鱼吗？面鱼就是不起性的男人。

这个女人圆滚滚的。我相信老四喜欢这样的女人，他口味该和我差不多。他的第一个女朋友，在某高校当打字员的那个姑娘，就是个丰润肉透的女人。那时老四多喜欢她啊，他把她带到海边，租了帐篷，一晚上做了她六次，老四说每次干后半小时，他就硬了，于是再干。当然，他是用抒情的方式描述那个结束处男身份的夜晚：他提到大海淫荡的涛声，提到满天荡漾的星光，提到海鸥旖旎的欢叫，提到和打字员如何在沙滩上倔强地进入与湿漉漉地被进入，他甚至提到干破了的四只避孕套和在黑暗中的恐惧。"我干了她六次。真的，六次，"他那时还戴着黑框眼镜，看上去像大学里诚惶诚恐的年轻助教，"我真怕我精子流尽了，像被暴晒的海蜇那样没一点水分，干巴巴地死了。可一点事都没有。不过第二天，倒是她不会走路了。她走了两步就瘫在沙滩上。我想，我一定会和她结婚。我毕业后就跟她结婚。"

我不知道那个打字员是否嫁给了他。他进了包厢，我继续躺在休息室看电视。电视里的《热点透视》正在播放市民灭蜂的行动。主持人邀请了一位昆虫研究所的老教授，正在讨论蜜蜂的生理构造。那个老教授严肃地提到一些奇怪的名词，巢脾、蜡鳞、蜡腺、意蜂……然后他又兴致盎然地介绍新采的花蜜的含水量和含糖量，他说花蜜的含水量一般在 50%～55%，含糖量 45%～50%；成熟的蜂蜜，含水量 45%～50%以下……

主持人似乎也意识到老教授的言辞已经偏离主题，于是她开始转移话题，谈到了民间组织是如何对付这次蜂灾的。她说中午两点，出现了一支自愿前来收蜂的队伍。三个收废品的人从这里经过，由于他们以前都养过蜂，见此阵仗，他们估计蜂王有可能就在附近，于是三个人头戴塑料布，开始在隔离板上一层一层地拨开层层叠叠停在上面的蜜蜂，寻找蜂王，可是不到二十分钟，三个人的手掌、额头全都被蜜蜂蜇得肿成了馒头。又疼又急，三个人只好放弃。

这些疯狂的蜜蜂是从哪里飞来的？为什么陆西亚还不给我电话？我还在发烧，我想陆西亚。我从没这样想过她。陆西亚总是隔三岔五来我这儿，洗个热水澡，顺便将脱下来的乳罩、长腿丝袜晾晒到暖气片上，她把它们铺放得很平整。她每次都把这些贴身衣物摆放得很平整。这孩子是服装厂的裁缝，擅长在瞬间将两片布头缝成条肥大内裤。她说，他们厂的内裤全部出口到阿拉伯联合酋长国。那些阿拉伯男人穿着他们厂的内裤去海边洗澡，或者去上班。她说话时那么自信，很长一段时间，我都信以为真。

我为什么想她。我不过才和她认识四个月。周虹来时我曾幻想三个人一起吃顿饭。我知道那是不可能的，不可能的事情我永远不会做。那我该做哪些事情？哪些事情又是有可能的呢。比如，那些蜜蜂，有没有可能会飞到小镇呢？

6

从浴池出来，我们并没有发现蜜蜂。正是下午两点，本应日光最强，但天空低沉，没有往日高远的游云。空气里挥发着铁锈的腥味。像是要下雨了。

"爽吗？"

"干了坨猪肉。"

到我家后他又洗一遍澡。我很奇怪陆西亚怎么没在家。这个时候她该在浴室，或者躺沙发上看电影杂志。老四洗完后光着身体在狭小的客厅里散步。他从沙发旁走到巴西木前，再从巴西木走到沙发前。后来他去了阳台，蜷进一把黑漆的竹椅。他的样子让他看上去犹如一只疲惫的猴子。他的肋骨还那么清晰，仿佛钢板上微微隆起的创记。他不停地抽着香烟。一支没抽完就掐了，接着点上一支，掐掉，再点上一支。

"你为什么不问问，我这些年都做了什么坏事？"他说，"你还像当年那样闷头闷脑。你一点没变。你干吗总这样软不拉唧的？"接着他又安慰我说："不过，这样也挺好的。"

我递给他一只削好的苹果。他咬了两口，把香烟头按在果肉上。我最怕闻到苹果和香烟混淆的气味。

"你把我的公文包拿过来。我给你念点东西。"我递给他，他有些笨拙地在公文包里翻来翻去。他从里面翻出了一副女人的乳罩、一双男式球袜、一些散乱的纸页。

"这是我给她写的最后一封信，"他说，"我以后再也不给她写信了。你知道吗？我这半年里给她写了一百八十封信，一天一封。可我没心情伺候她了。我他妈玩腻歪了。"

他没想到我翻了翻将信又递给他。"你的字还和从前那样烂。我看不懂。"

我们都笑了起来，笑出了声。他和以前一样，笑起来时，脸颊上浮现出两个他最讨厌的梨涡。

"我给你念。你听着：

王翠秀：

　　这是我给你的最后通牒。我是个重情意的人。这是我最大的弱点。两年来，你这个贱货，就是利用我最大的弱点，打击我，不让我过好日子。从我们认识那天起，你就勾搭我，还一直追到我家，和我上了床。你虽然流了点血，可是谁知道你是不是抓破了身子的某个部位，冒充处女呢？你逼我和你结婚，说你有了孩子，虽然我不清楚是不是我的孩子，但是我没逼你打掉。我们结婚后，孩子四个月就死在你肚子里。"

他的声音断断续续，平仄不分，他的身体在朗读的过程中缓慢地伸展开，大腿支到阳台上的窗棂，一只胳膊搭住花盆里的棕榈树。我看到一只蜜蜂从纱窗的破洞里钻进来，蛰伏在他的脚趾上。他的脚趾没动，也许他根本没发现它。后来他的声音开始有了起伏，愈来愈急促，那些我久违多年的充满了海蛎子味儿的大连方言在蜜蜂嗡嗡声中，将阳台点缀得不安而充满危机。我摸摸自己的额头。很凉。我想我已经不再发烧了。我默视着老四的嘴巴，他的嘴唇上也落着一只蜜蜂。那只蜜蜂在老四的嘴唇上急速扇动着花纹翅膀，后来，是的，后来，我眼里全是蜜蜂了。我看到无数只蜜蜂飞进阳台，它们跳着蹩脚的

8字舞,将没有花朵和蜜汁的阳台变成了一只潮湿、阴柔、巨大的蜂巢。

"你怎么了?"

"没什么。"

在精神病院的那段日子,你这个贼货,每个星期还来一趟,坐在我的身上和我干。当着另外两个精神病人的面,和我干。我出院时你又怀孕,我想要孩子,你却把他打掉,说那段日子我吃药,怕孩子有毛病。我知道你心虚。你在我住院期间,到底搞过几个男人……

"你听明白了吧?这个婊子就是这么迫害我的。"他笑着说。

我没吭声。我不知道要说什么。

"我想离婚,她不想离,"说完他从躺椅上站起来,"我离家出走过一次。我去找了王美。还记得王美吧,眼睛贼大的那个胖子。我跟她睡了三天觉,第四天早晨,我正在刷牙,我老婆就踢门进来了。"他皱着眉头,"她是个疯子,她怎么知道我跑到了王美那儿呢。她身后是我们单位的局长,还有公安局的。"

我盯着他。

"她指证我有精神病,他们就把我送进精神病院去了。"说完他从躺椅上蹿起,赤裸着身体和我面对面站立着。"医生逼我吃药,我就吃;给我做电击,我就做;让我绕着操场跑步,我就跑。有啥扛不过的?我只是受不了那个女精神病。三哥,信吗?她晚上对我进行性骚扰。这个花痴,乳房贼大,光着屁股,颤着两只大奶子,整天在病房里溜达来溜达去,她还老幻想自己是个电影明星,让我求她签名。有时候她心情好,就躺到我床上自慰。"他突然笑了,"还有个老女人,以为自己是只蘑菇,天天穿着黑衣黑裤,撑着把黑伞在院子里蹲着。"

关于老女人的这一段明显是他抄袭的,我以前在酒桌上听人家说过这段子。我盯着他。他和以前没什么两样,他的耳朵还是那么硕大,鼻子还是那么挺,牙齿还是那么白,眉骨上和蒙古人斗殴留下的刀疤还是那么突兀地红着,说话时颧骨上的肌肉还是那样富有激情地抖动,并且因为急促的语速变得绯红——这让他看上去显得不安和羞涩……是的,除了他是否还能一夜和女人做六次值得商榷外,他所有的东西,都和若干年前,保持着朴素的一致性。

7

老四什么时候走的?他离开时和周虹离开时一样迅速。周虹说去看望我妈。她上高中时,最喜欢吃我妈炖的红烧肉。那天,老太太正在院子里翻一只斑点鸽。那只幼鸽被剪了膀儿,却不见了。我妈怀疑它是被一群野鸽子勾走的。她说她怎么都不明白，一只没膀儿的鸽子怎么会飞走呢？于是周虹和我妈到大街上找鸽子。他们在小镇电影院的垃圾箱里找到了它，据说当时它正在啄一只塑料拖鞋。她们把它用绳子捆绑好，以防止它再次失踪。周虹就是在回去的路上离开的，她强行塞给老太太一百块钱，然后她就走了。我妈说她哭了。"这个害怕地震的丫头，在上海过得不好吗？她哭得上气不接下气。"

老四是下午三点走的。他在我家总共待了一个小时。天气越来越凉，老四望着天空发呆。如果没记错，他是在他的手机骤响后变得焦躁不安的。他握着手机对里面大声咒骂，后来，他不光咒骂，还手舞足蹈起来。再后来，他关了机，将手机扔到桌子上。我问他在骂谁？他说在骂他们局长。我说你为什么骂领导呢？他说我愿意骂谁就骂谁，我想骂谁就骂谁。我说要尊重领导，对领导说话要心平气和。他愣愣地看着我，想说什么。可他什么都没说，他只摸了摸我的头发，说，他必须得走了。他说下雨时他在别人家睡不好觉，而他最忍受不了的便是失眠。他说我要是真舍不得他走，那么现在就去酒店喝酒，喝醉后他再走。他说他回去后就找帮痞子，把他老婆先奸后杀，他就自由了。他说等他彻底自由后，再来拜访我。他说再来拜访我时，希望我的摩托车能修好，那样他就能骑着摩托车去西柏坡旅游了。

"你手里有现钱吗，借我二百，"最后他说，"我来的时候，其实是打车来的,从富丽华出来,我随便叫了辆出租车就来了。从大连到唐山不远,可他跟我要了一千二。我回去只能坐火车了。"

我没送他,我把手里仅有的钱全给了他。我不知道他去哪儿。他离开时已经下雨了,我去拿雨伞时,他已经带上房门离开。在桌子上我看到了他的手机。他把我的手机装走了。我坐在沙发上闷闷地量体温。四十一度三。再后来我打开电视,那个女主持人还在介绍蜂乱,她说一名叫边浩的中年男子,开着辆白色奇瑞车经过,看到密密麻麻的蜂群,他立刻买来白糖,兑成水喷在车子外壳上,停在科华中路5号门口一棵被蜜蜂包围了的槐树下,片刻间,蜜蜂就把他的车子覆盖了。边先生说,这样可以把蜂王引出来,找到蜂王,蜜蜂就会跟他回家。可是等了近一个钟头,蜂王还是没有出现,边先生只好把这辆"蜜蜂车"开到了洗车场冲洗了……

我觉得我根本就没发烧,我觉得一切都正常。我想该和主任续假了,我的病假已经超期。单位的电话老占线,我拨了四遍仍然占线。我只好拨了第五遍。我又失望了一次。后来我忐忑地捏着老四的手机,欣赏着机体漂亮的花纹和各种美妙的铃声。我好像在等待着某些人再次打扰。再后来我干脆脱掉衣服,将左腿卸下,扔地板上,裸露着身体削苹果。几只黑头蚂蚁爬过来,啃着塑料假肢上的几缕淡血。虽然我一点不喜欢我的左腿,我还是用烟头烫死了蚂蚁。雨越发地大了,似乎在打闷雷，闪电鬼魅般在房间里蛇游。在雨声中，我似乎听到了昆虫"嗡嗡"的歌唱声。我只有将塑料假肢抱在怀里，期待着陆西亚快点回家。

2003 年 10 月 5 日

关于雪的部分说法

1

颜路打电话说,蓝城下了雪,他说蓝城在他记忆中,还没有下过如此大的雪。无疑他的口气颇为兴奋。在我的印象中,只要提到他不感兴趣的事情,他都会变得格外兴奋。

"我嫂子好吗?"他问。

"米佩好吗?"后来他问。

"那只刺猬还喜欢吃苜蓿吗?"后来他又问。

我听到他在放音乐。他喜欢给我打电话时放那种抒情音乐,而且通常声音弄得很大,我听到这次是M2M的《pretty boy》,"真是变态啊,"他嘟囔着说,"我为什么老碰到变态的事呢?你知道吗,小轩又回来了。"

我说他不是去新西兰了吗?

"是啊，"他笑着说，"去了才不到一个月。这次回蓝城，据说是因为把那条方格围巾忘在家里了。所以回来拿。"

"他回来就为了拿那条方格围巾？"

"是啊，"他郁郁寡欢地说，"小轩是坐专机回的。最近新西兰那边老有坠机事件，他妈怕是拉登搞鬼，所以派专机接他回来。你不知道吗？他妈是意大利一个跨国公司在蓝城的业务总代理。什么？我从没和你谈过？这怎么可能？反正他回来就开始下雪了。你说，我为什么老碰到变态的事呢？"

"你和你的那个汤姆·克鲁斯处得如何了？"

"还好啊，"他笑着说，"我们昨天又约会了。可是……"接下去他说那个汤姆·克鲁斯在和他约会时，要求做"那样的事情"。所谓"那样的事情"就是他不喜欢的事情，就是那些让人难以接受的事情。"我没答应的……"他笑了，他笑的时候好像很内疚，"昨天我们在酒吧跳舞，克鲁斯的男朋友又打手机了，肯定听到酒吧的音乐声。"他沉默了会儿说："我好像成第三者了。你知道我不是那种唯利是图的人，可是，我一定要把握好这次机会。我的机会已经不多了，我都二十一岁了，老了呢。"

我不知道要对他说些什么。我好像从来不知道要对他说些什么。在我们的交往中，大部分时间是他在电话那头讲述发生在他身边的事情，而我在电话这头安静地听着。我必须承认他是个口才很好的人，也许这和他做过一段时间的电台主播有关系，比如，他擅长使用那些极为客套的词语，"对不起啊，我又占用了您这么长时间""谢谢您啊，您是个宽宏大量的人"，有时候他也使用那种抒情口吻，"今天蓝城天气晴朗，适合情侣去爬山，当然，千万别忘记带避孕套"。我常误以为我正在倾听一个午夜电台的主持人，单独在为我一个听众播音，除了感激，我还能说些什么？"这么晚了，人们都睡了，只有我还醒着。"他经常这样结束那些芜杂纷乱的谈话。

"你知道我不喜欢下雪，"颜路最后总结性质地说，"可是小轩喜欢，他回来后，我们这里就下雪了。我去机场接他，坐在出租车里，靠着车窗，雪就开始下了，和他离开蓝城时一模一样，只不过，那次我哭了，这次没有。"他好像喝了些水，他的喉咙咕咚咕咚响着，我似乎看到他的喉结核桃那样做着活塞运动。"我觉得很奇怪。你说，我这么单纯的人，干吗老遇到这么变态的事呢？"

2

二〇〇一年春初某个晚上，我接到蓝城一个大学同学的电话，说他的表弟颜路从佳木斯旅游回来，路过 A 城买不到车票，要我帮忙搞一张。这个同学大学里好像和我一个系，但不同班，在我印象里我们根本没有任何交往，我对他知道我现在的电话号码和我老婆在火车站当售票员感到很诧异。我当即答应了他。

"他在第八个售票口的第三根柱子旁边等你，他是个很帅很高的孩子。耳朵总是塞着耳机，听莫文蔚的那些烂歌，他干吗喜欢那些靡靡之音呢？真是的！"最后他似乎赌气似的挂掉电话，也许，他把我当成他不怎么喜欢的表弟了。

我老婆搞到票的那天恰巧没上班，我只好去送票。我没料到赶上塞车。那个司机肯定是个抑郁症患者，在半个多小时的行程中竟然没说半句话。交通电台的女DJ不停播放着一些摇滚乐。我被那些重金属敲击得失去耐性，变得焦躁不安。这种情绪让我在见到那个叫颜路的男孩时保持了冷漠的态度。如他表哥所言，他真的站在第八个售票口的第三根柱子旁，肩膀上背着一只硕大的旅行包。见我朝他走过去，他犹豫着朝我摆摆手。

"你是颜路吗？"

他点点头。

"这是今天晚上的票，你快去候车大厅，还有半个小时就检票了。"

他点点头，把票接过去的时候他才问道："多少钱？"

我摆摆手，他就没吭声。我觉得这一切在瞬间变得异常可笑。他的确很高，那条喇叭腿的牛仔裤和那头金黄色的板寸让他显得很时尚。在夜鸟般嘈杂的旅客喧哗声中，他显得疲惫而略带伤感。我本以为他至少应该说声谢谢，然而他只是瞥了我一眼,问道:"多少钱?"

我说车票才三十块钱,就算了,然后又说了些"以后有事情找我"之类的客套话。他只是恍惚注视着那些匆忙的旅客,后来他把火车票随手掖进长长的T恤袖口,面对着我,拍拍我的肩膀说:"再见。我现在身上一分钱都没了。你放心,我会把车票钱给你邮寄过来。"

3

二〇〇一年春末,我老婆经常上夜班。我觉得,让一个刚结婚半年的女人每天值夜班是件残忍的事情。刚开始的时候,我老婆向她们班长反映,说她胆小如鼠,而且患有轻微的心脏病和梅尼埃综合征,值夜班只能加剧她的病情,但是那个满嘴黄牙的女班长一口拒绝了她。后来她继续向站长反映,那个终日满身酒气的站长盯着她说,他知道她是个思想上积极向党组织靠拢、具有超强责任心的好同志,她应该为组织交给她这么艰巨的任务感到荣幸。我老婆相当沮丧,以致有段时间,我必须像哄三岁幼儿上幼儿园那样哄着她去上班。赶到后来她就习惯了。什么事情一习惯你就慢慢爱上它。之后的情形是:每天傍晚6点,我老婆迫不及待地吞咽掉我为她煮的精美晚餐,挤在那些刚刚下班的人群中,像只敏捷的袋鼠跳上23路公共汽车,匆忙赶往她无比热爱的火车站。这种颠倒黑白的上班制度让我们的共处变成一种奢侈行为。很多个夜晚，我单独吃完晚饭，不知道自己能做点什么。后来我通常会在那个小区花园溜达两圈。春天让这个所谓的花园保持了华丽色彩，那些单瓣花朵和耀眼的枝条吸引了众多昆虫。我突然有个念头，我想逮些蜜蜂放进我们家客厅，也许它们嗡嗡的歌唱声会让那些沉闷的夜晚犹如蜂房般温暖。

我就是小心地逮一只细腰金色蜜蜂时发现了那头刺猬。我从来没想到刺猬竟然长得那么丑，我弯腰拎起它，它狐狸样的嘴巴让我觉得滑稽极了，而且我更没有想到的是，它的那些灰褐色的刺如此柔软。我用手抚摸着它并不可怕的武器，突然觉得这个春天真他妈荒谬。

我觉得至少应该为这只小动物准备一个像样的巢穴，对这个想法我有些吃惊。要知道我从小就是一个讨厌动物的人，尤其是那些动物的眼睛。在我的印象中，当我注视着它们幽深的瞳孔时，我常常发现它们和人类有着完全相同的眼神。这让我总是怀疑，这些动物的瞳孔里是否栖息着那些死掉的人。这只刺猬也如此。我想要不是我真的无聊到了极点，它一辈子也不会出现在我的房间。

电话是我正在给刺猬找箱子时"铃铃"地噪舌的。在这座陌生城市，我的朋友极为有限，他们仿佛一群患了自闭症的鼹鼠昼伏夜出，而且除了跟我借钱，他们一般不会贸然前来拜访。他们也从不给我打电话，他们认为，对着话筒和一个看不到面孔的人交谈是愚蠢的行径。我迟疑着拿起话筒,然后我听到了一个男孩的声音:"是米佩家吗?"我说是的。然后那边沉默了。我听到了他轻微的喘息声,他似乎正在斟酌讲话的方式:"你知道我是谁吗?"

这种恋人间最喜欢玩的幼稚把戏,由一个男孩来做我觉得很不舒服。我懒懒地说了声"不"后,那边又沉默了。我有些不耐烦起来。"你在做什么?"他问。

"我正在给一只刺猬造房子。"

"你也喜欢养动物吗?哈哈,"他略显夸张的笑声在电话里小心翼翼地震动,"我也喜欢呢。你知道我养了只什么动物吗?"

我极力回忆这个人是谁。然而我最终放弃了这个念头。"一条蛇还是一只蜥蜴?现在好像挺流行这个的。"

"错了啊,"他说,"我养了一只正处于哺乳期的公狼。知道它的名字吗?它叫小鸭子。"说完他自己在那头开心地大笑起来。很显然他似乎把我当成了他的朋友。或者说,这个陌生人有种让人能片刻和他交上朋友的能力。我发觉我并不是很讨厌这个人,这个人竟然养了一只狼,还给它起了个"小鸭子"这样的弱智名字。

"你到底是谁?"

他没有回答我,而是开始喋喋不休。"哎,你不清楚,当初把这只狼从东北带回来费了多大周折,上火车前我把它藏进我的旅行包，为了不让它窒息而死，我用瑞士军刀把我五百块钱买的亚得牌背包割了十三个洞——真巧啊，和我耳洞的数目一样多呢。更重要的是，我得逃避母狼的追捕，你不知道吗？母狼对幼崽的气味有种超乎寻常的追踪能力——美国联邦调查局现在正在培养大批母狼，作为稽查毒品的秘密武器呢——在火车站检票口，'小鸭子'的嘴巴竟然从一个洞里钻了出来。在火车上，我一共喂了它一百二十八根火腿肠和三只苹果，对，还有一个蛏子味儿的馅饼和一把芹菜，我真不知道狼还是素食动物呢。"

我把话筒夹在耳朵和肩膀中间，听他叙述关于饲养狼的种种心得。在这期间，那只刺猬不知何时从箱子里跑了出来，开始以蜗牛爬行的速度在地毯上匍匐。我发觉它在爬行过程中保持了一种超乎寻常的警备状态，它玻璃球状的黑眼珠仿佛淘气的孩子那样乜斜着我。我忍不住笑了出来。"你觉得很可笑是吗？这可是真的，"那个人笑着说，"我妈现在也开始喜欢上'小鸭子'了，我估计小轩也会喜欢上它的，它除了牙齿尖利一些，和一条狗没什么区别呢。我为什么就不能养一条牙齿尖利一些的狼呢？等它到了发情期，我会把它捐赠给我们这里的森林动物园。"

我悄悄放下话筒。那只刺猬已经骄傲地爬到卫生间去了。等我拎着它短小的脚趾，顺手将它扔到盛电脑的纸箱里后，方才想起了那个神秘的电话。可是当我重新拿起话筒时，我只是听到了"嗡嗡"的电话挂线的声音。

4

每天下午四点，我老婆还在睡觉时我就开始为她准备丰盛的晚餐。我时常陶醉在那种做家务的快乐中。这有些不可思议。要知道结婚前我是从不接触厨房的男人。厨房里那些油腻餐具、青菜被洗涤剂揉搓过的气味和植物油滑腻的流动都会让我反胃。我开始想，或许是这个火车站售票员改变了我。我是多么热爱她，尽管在新婚之夜我发现她已经不是处女。可这有何关系？爱一个人和她是不是处女完全是两回事，这是我多年前就已总结出的真理。我们会通宵达旦地做爱。她的身体让我着迷，她做爱时夜莺般的呢喃声常常让我在一个人时神情恍惚。我体味到了爱一个人是多么自由美好的事情。那天我在厨房熘鱼段，她从后面揽住了我的腰，之后她温暖的鼻息在我脖颈处恍惚着扩散，她的一绺头发蹭着我的耳朵，她膨胀的乳房紧紧顶住我的脊梁骨……我想我们这样一辈子抱着，什么也不做，该多好啊。我强迫症患者似的爱上了她的气味、她的肉体、她温柔的叹息声、她的一切，我甚至把我们谈恋爱时她赠送我的瑞士军刀整日揣在怀里，只是因为上面有她漂亮的螺形指纹。

她对我每天坐在家里写那些狗屁文字抱了宽容态度，即便我在电脑前坐一整天一个字不写，她也总是蹑手蹑脚地在房间里走动。只是她对我新近饲养的刺猬颇有微词。那只丑陋的家伙在我们睡觉时宛如老人哮喘的咳嗽声让她接连失眠了四五天。最让她气愤的是,这只刺猬把她一双价值不菲的红色皮鞋咬了一个洞,此外,它那些不规律排泄的液体和粪便让我们的房间充斥了一种尿骚味,她不得不用空气清新剂在每个房间里喷来喷去。后来她笑着说:"你为什么不把它扔掉呢?"

是啊,我为什么不把它扔掉呢?等她去值夜班时,我开始为抛弃这只刺猬做准备。我打算仍旧把它扔到那个街心花园,也许它本来就喜欢那个地方。我用塑料袋裹紧它,在塑料袋里放了一只苹果。在我锁防盗门时,电话铃响了:"喂,你还好吧?我嫂子还好吧?"

我一下子想起了他是谁:"你那只狼还活着吗?"

"还不错啊!"他的声音有些疲倦,"它长得越来越大了呢。"他的声音原来还是很好听的,是那种男孩子刚刚发育完之后的声音,有些悦耳,又有些沙哑的磁性,间或流露出那种变声前略显尖锐的痕迹。"你那只刺猬还活着吗?"

"我正想把它扔掉呢。"

"为什么扔掉它?"他说,"我觉得刺猬挺可爱的,我去年养了十三只刺猬呢,可惜后来它们从阳台上集体逃跑了,我估计它们的结局很惨。第二天,我过我们家对面那条马路时,发现了被车轧死的一只刺猬,是那只叫辣妹的。它们为什么要集体出走呢……对了我告诉你,刺猬喜欢吃茼蒿、苜蓿、榛子、腐竹、马铃薯叶子、无花果和南京产的臭豆腐。如果把臭豆腐用色拉油过一下，它们吃起来简直像做爱那么高兴呢。"

他说话的间隙，那只刺猬开始在塑料袋里不停地挣扎。它把塑料袋弄得"哗啦哗啦"响。"我们上网聊聊吧，"他说，"我都快闷死了。"

"我从不上网。"

"真的吗？"他有些惊讶地叹息着，"我以为你会是那种有成千上万个网友的人呢。"

我只好关上门，把那只刺猬从塑料袋里解放出来，它趴在地上动也未动，我怀疑它刚才可能险些被闷死。"我真倒霉。哎，今天晚上我见了我的第八十三个网友。"

"还满意吗？不会是那种超级恐龙吧。"

"什么呀。我又不变态，"他唏嘘着说，"约我见面的那个人在网上说自己十九岁了，见了面一看，我靠，我看他倒像是九十岁的。我为什么总是这么倒霉呢？"

我"呵呵"地笑着，又听到他说："你不相信我见过八十三个网友？我干吗要骗你？我还建立了一个他们的档案。我按他们的年龄、籍贯、身高、体重、皮肤粗糙和细腻度、普通话标准度、眼睛是否双眼皮、鼻梁的高矮、鞋子号码大小、喜欢的颜色、家庭住址和接吻时在一分钟内的呼吸次数建立了索引，这样很方便，到时候在网上我一问他们的详细情况，就知道是我见过面的人还是没有见过面的人了，这可以节约我很多时间。"他似乎喝了口饮料。"小轩要是知道我见过这么多网友，肯定会拿菜刀把我的两条腿剁掉呢。还好，他根本没机会了。"

我搞不清他在唠叨些什么。"小轩是你朋友吗？你带他一起和女孩子约会，他就不会生气了。"

"你说什么呢！我干吗和女孩子约会呢？我又不是变态。和我约会的都是男人。"

刚被我拎起肉乎乎身体的刺猬从手指间摔到地上。"什么？你说什么？"

"哦，"他字正腔圆地说，"我没有告诉过你吗？这怎么可能呢。我是一个同志。知道什么是同志吧？"他似乎对我的反应有点不快。"我是男孩，我喜欢另一个男孩小轩，我就是个同志，你听明白了吗？我还没告诉过你什么？你一起问好了。"

"对不起……我不认识你……我挂电话了啊。"

"你怎么不认识我呢？"他笑着说，"我没告诉过你吗？我是颜路啊。上个月我在 A 城转火车，是你给我买的车票。还是你出的钱呢。等改天我有时间，一定把路费寄给你啊。你为什么不说话啊？你不觉得你这样做很不礼貌吗？你怎么了？喂？咦——？"

5

那只刺猬没有被我扔掉，这让我有些疑惑。同样使我疑惑的是，我老婆不久就回来了。她再次见到它时皱了皱眉头，我一把搂住她，把她摔上床，她就什么埋怨都没了。我们把战场从床上转移到了地毯上，这极大地启发了我的兴奋度和创造性，然后我又把战场转移到了厨房、沙发和阳台。在厨房里我闻到了黄瓜和茄子的清香……而在沙发上时我们采取了高难度的体位……在她甜蜜的呻吟声中，电话铃骤响。她有些慌乱，轻轻推搡开我，伸着手臂去够电话，后来她把电话递给我。"找你的。"

我听到颜路的声音时有些愤怒。我对着电话嚷道："我现在很忙！你有什么事？"

"我忘记了告诉你一些重要的事情，"他好像很开心，"我是个成年人了，我觉得你应该尊重我，虽然我和你不太一样。"

她爬过来，头枕着我的胯部，我哑然了。"另外我想告诉你，我是个优秀的美容师和厨师，我会做满汉全席的所有糕点，鲁系菜是我的强项，当然潮州菜和上海本帮菜也难不倒我，另外我还是个获过西班牙美容大赛亚军的高级美容师，除了给那些漂亮女人做隆胸手术，我最拿手的还是针灸美容……"

我挂掉电话，然后拔掉电话线。我觉得我简直快被这个饶舌的家伙弄得疯掉了。我老婆还躺在床上，似乎漫不经心地抚弄着我的喉结，我的欲望被她的手指再次挑逗起来……当我们大汗淋漓地抱着喘息时，我听到了她的哽咽声。我以为是我粗暴的动作弄疼了她，可她仍紧紧地搂住我，不停抚弄着我最敏感的地方，于是我们只好又来一次。当我们像两尾脱水的鱼重叠着沉沉睡去时，我听到她嘟囔着说，她再也不想值夜班了，半夜里注视着那些行色匆匆的陌生人，她很害怕……

"真的，"她呢喃着说，"售票厅很大，灯也很亮，可我……就是害怕，有时候一个人都没有，空荡荡的，可是我还必须在那里坐着……"

我只好温存地抚摩着她的尾椎骨，擦掉她的眼泪，并且保证说，过年时我给她们站长送一箱茅台，那样她晚上的时候，就可以在家里睡安稳觉了。有什么比睡个安稳觉更重要的事情呢？

6

在接下去的日子，我很少受到颜路干扰。白天时我专心研究菜谱，并且为一家发行量磅礴的南方晚报写一些风花雪月的文字。只是那些甜腻的文字好像已不受青睐，那个声音柔美的责任编辑打电话说，我能否写一些"另类而有趣"的文字。什么叫另类而有趣呢？那个编辑是这么说的："就是写写那些吸毒的、卖身的、搞同性爱的，当然，也可以写写靠身体写作的美女作家。你应该知道，读者最好这口。"

那只刺猬在我们家重又居住，它已经聪明地学会了在一只痰盂里撒尿,并且把粪便排泄到一只纸盒里。我老婆也慢慢喜欢上了这只会咳嗽的动物。我们甚至开始计划着要个孩子,总之我觉得自己像是生活在天堂里,除了颜路给我打电话的时候。

小轩要出国了,你知道吗?你别挂电话好吗?他要去澳大利亚。他马上就会见到那些成群奔跑的袋鼠和那些像我这么可爱的考拉了,也许他还会见到鸭嘴兽。我喜欢鸭嘴兽你不知道吗?鸭嘴兽的嘴巴很像小轩的嘴巴。(2001/4/5)

我们这里很热呢。我刚和小轩从酒吧里出来,我们打算下个礼拜去黄山旅行。黄山其实也没什么好玩的,全是那种像白痴一样的松鼠。(2001/5/3)

我为什么不和小轩去澳大利亚?因为小轩不是同志啊!难道我没有告诉过你吗?他喜欢的是女孩子。他有一个像莫文蔚那么漂亮的女朋友啊。我们三个经常一起在酒吧喝那种便宜的七喜饮料呢。是啊,有过又怎么样呢?我和小轩是做过,可这不代表他就是同志啊。(2001/5/4)

我爱小轩都五年了,我活了这么多年了,还没有见过像小轩这么帅气的男孩。什么？我找个女朋友？我又不变态！找女孩子做什么呢？不过我以前确实有个女朋友，我可不想耽误人家。我很理智的。是啊。小轩知道我喜欢他，他对我也很好呢。可是我们只是朋友，我从十六岁就爱上他，一直爱到现在。和他一起去澳大利亚又有什么用呢？即便我们同居又怎么样呢？他不爱我，他只爱他的女朋友。（2001/7/7）

小轩刚从北京体检回来。他的签证办好了。我今天给他买了双拖鞋。我听说澳大利亚的天气很热，穿皮鞋会得脚气的。另外我想给他买一把藏刀，做防身用的啊。我听说澳大利亚有土著人，对，奥运会那个蝙蝠一样的四百米女运动员就是土著人。我没和你说过吗？大部分土著人都是毛利人，生吃人肉，比袋鼠跑得还快，你说小轩要是不小心落在他们手里，多危险啊，就是不知道藏刀算不算凶器，能不能携带出境。我得去出境管理处咨询一下。是啊。听说毛利人的飞镖很厉害的，像飞行器一样，扔出去还能绕着圈地飞回来。（2001/8/19）

我给小轩买了条围巾。真丝的。他戴上比那些好莱坞的明星还帅气。（2001/8/20）

今天小轩走了……我们这里下雪了，我和他妈、他女朋友一起把他送到飞机场……刚开始没下雪，我们上了出租车后也没下雪……雪是小轩下了出租车后飘上的，不是很大，也不是很小。我本来不想哭，可是一看到下雪了，就忍不住哭了。我没抒情啊，我说的是实话。小轩上了飞机后雪就停了。为什么我总是在下雪的时候情绪不好呢？为什么呢？（2001/11/30）

以上这些颜路的话本来我想以《一个同志的苦与乐》为题发给那个女编辑。我想她一定会感兴趣的。然而只是我抱着那只刺猬发呆。我觉得我从来没有这么让人恶心过。我也许比刺猬排泄的粪便还让人恶心。后来我把它从电脑里删除了。

7

冬天时我老婆还在疯狂地上夜班。我开始为她煲那种黄酒鸡，听说这是最好的暖身食品。我还跑到"华联商厦"为她买了条围巾。买围巾的时候我想起了颜路。他有段时间没和我联系了，他说他找了个像克鲁斯那么酷的男朋友，只不过这个克鲁斯很快要到葡萄牙和前任男朋友结婚。他说他们没有做过，他只是喜欢他抱着他听音乐，他说小轩最后没去澳大利亚，而是去了新西兰，因为新西兰没有毛利人。他还说小轩过圣诞节的时候，回蓝城一趟，专门来拿那条颜路买给他的真丝围巾。他说他也要出国了，不过他绝不去新西兰，因为新西兰没有毛利人。"说实话，我更喜欢澳大利亚，我喜欢土著人。我打算从土著小伙子中挑一个当男朋友。我不喜欢新西兰的原因很多啊，我没有和你说过吗？最主要的是，听说那里不允许同时挑着两担水走路。多荒谬的法律啊。"

那年冬天很冷，我独自猫在家里看一些租来的法国影碟。《在撒旦的阳光下》《第八日》《罗塞塔》《法国中尉的女人》《美丽洗衣店》《悲情世界》……这些片子抽象晦涩得让人便秘的情节、演员们内敛而又激情澎湃的表演和大提琴悲怆的呜咽声让我时常感到恐惧。那只刺猬倒是活得很滋润。它仿佛吃了激素，长得飞快，身上的刺也越来越锋利，夜晚时它不再像小时候那样老人似的咳嗽，而是犹如婴儿般安详均匀地呼吸。我在客厅里时常点支香烟，半天也不吸一口，目视着烟丝燃烧成蚕虫般的乳白粉尘。后来我把那只刺猬抱在怀里，勒上大衣。我打算去看望一下我老婆。这么静的夜，我老婆会遇到哪些神态各异的旅客呢？那些旅客夜鸟一样慌乱的神色怎么会让她觉得害怕呢？在出租车里我看着路灯恍惚飞驰，而刺猬在我怀里安静地睡着，肚皮温暖光滑，我的手指感觉到它的心脏在有条不紊地跳动。到了这个小城昏暗而憔悴的火车站时，我开始微笑起来。我想象着我老婆见到我时的惊讶神色。也许她会板着我的头颅亲亲我的耳朵。她最喜欢像老鼠咬家具那样啃我的耳郭。

火车站好像也困顿了，稀稀拉拉的乘客在候车大厅里脸色恹恹地熟睡着。让我失望的是，我老婆的那个窗口没开，透过那扇透明的玻璃窗，我仿佛闻到了她身上的香水气味……我下面突然硬了……我想上趟厕所自己解决该是最好的途径。

收费处一个人也没有，厕所里灯光流离。我站在小便池前，突然为如何处理我的刺猬发愁。把它放在哪里好呢？思来想去的时候，我听到了厕所某扇门内传出轻微的呻吟声。很明显那是个女人的声音。我有点紧张地抱紧了刺猬。尽管它的刺扎疼了我的小腹。那种呻吟声似乎越来越清晰，我甚至听到了一个男人粗重而压抑的喘息。我的头突然大起来。我想怀里的那只刺猬也许已经掉到地上了，我已经明显判断出那些欢乐而沉重的呼吸声是怎么一回事情。我甚至知道了那个女人通常在何种情况下会得到满足。她还喜欢在高潮来临前发出夜莺般美妙的呢喃声……她最喜欢坐在男人的身上。她喜欢坐在男人的身上摇摆自己的身体……我神情恍惚地踱出厕所，我想他们也一定听到我恐惧的叹息声。后来我像个特务一样蹩进收费口的一个角落，然后如我猜度的那样，不久，我看到我老婆和一个男人从男厕晃了出来。

那个男人我认识，我和我老婆结婚的时候，他敬过我们的酒。他很漂亮，长了一双女人才会有的桃花眼。他和我老婆一样，同是这个火车站的职工，只不过他是一名机修工人。我甚至留意到他们分手的时候，这个身材高大的男人，摸了摸我老婆的屁股。我开始靠着墙角呕吐起来。我把胃里的食物都吐了出来。后来我突然想起我的那只刺猬。我把它放在哪里了呢？我一点想不起来。我重新进了厕所，我想或许是我把它掉在厕所里。可厕所里除了污秽的垃圾，什么都没有。我吸着一支香烟。香烟的味道再次诱发了我的呕吐。那些粗糙饼干、大米粒、已经糜烂的劣质咸菜顺着我的喉管喷涌。我的眼泪这才开始流出来。我凝望着窗外，我看到了路灯下樱花般飘舞的雪色，原来，是下雪了。

8

我打了辆车回家。刚坐上沙发电话就响了。是颜路打来的。

"你干什么去了？半天也没人接！"他的声音颤抖着，"真是变态啊！我的'小鸭子'丢了！我的'小鸭子'怎么会丢了呢?！"

我说我也够倒霉的，刚才我也把我的刺猬丢了。"我和你一样，我和你一样倒霉。"

颜路的声音带着哭腔："我已经发动了我妈妈、居委会的老太太和片警集体出动寻找'小鸭子'，可是它真的找不到了啊！"

我从未听过如此尖锐的声音。他的声音完全没有了平日里的那种诙谐和俏皮。我觉得这对极了。我深信这世界上发生的所有事情都是正确的。"我们这里也下雪了，颜路，我刚才抱着刺猬去大街上散步,然后我就把它丢了。刺猬丢了,就开始下雪。我为什么也碰到这么变态的事情呢?"

"我没心思和你开玩笑!我的小鸭子丢了!我从东北带回的公狼丢了!"

我挂掉电话。我打开影碟机,我又听到了法国人卷着大舌头说话时浓重的鼻音。我看到一个戴红色贝雷帽的金发姑娘在巴士上凝望着那个巴士司机。那个巴士司机从反光镜里朝她笑了笑。我从来不知道一个男人可以笑得这么暧昧。

9

翌日我老婆回来时我还在睡觉。她的小手悄悄地挠我的痒痒。"真是奇怪,今天早晨下班时,我在23路车站牌下,发现了一只死刺猬,"她亲亲我的单眼皮,"是被公共汽车压死的,都压成一张皮了,血和肉都没了,真恶心。咱们家的刺猬呢?我买了些榛子给它。咦?刺猬跑哪儿去了啊?你怎么了?"

这个冬天,每天下午我都给我老婆炖鸡汤喝,晚上给那家报纸写些狗屁文章。一切还是老样子,只是出乎我意料的是,我再也没有接到过颜路的电话。在这么漫长的黑夜里,我时常不由自主地把手伸到电话旁边,希望那种急促而尖锐的声音再次响起。但是我似乎再也没有这样的机会。我不知道颜路怎么样了，不知道他是否去了那个袋鼠在草原上疯狂奔跑的澳大利亚，也不知道他是否找了个毛利人小伙子做男朋友。我本来想给我那个大学同学打个电话，间接询问一下他表弟的情况，但是我翻遍了电话号码簿，也没有找到这个同学的名字。也许有些事情就是这样的，根本就没有开始，也就无所谓结束了。我老婆每天白天还会和我做爱，只是我再也不会让她摇摆在我的身体上。我们通常机械地操作着彼此的肉体，让那些汗水和身体的皮屑混合着弄脏床单或者地毯，然后用毛巾擦掉遗留下的痕迹。

所以说接到颜路表哥的电话时我还是很吃惊。他的声音沙哑，嗓子似乎肿胀了。我以为他又要托我买火车票，可是他支支吾吾的声音让一切变得虚幻起来。"是米佩吗？我是赵博啊。"接下去的寒暄让我们的交谈显得空洞而缺乏实质性内容。后来他叹息着问我："你还记得我的表弟颜路吗？"

"记得啊。怎么？他不是去澳大利亚了吗？——他还好吧？"

"澳大利亚？什么澳大利亚？你说什么？他死了啊。"

"你说什么？"

"颜路死了。"

我夹着烟的手指开始不停哆嗦，我甚至怀疑起现在这个和我交谈的人是否就是那个颜路。他们的声音真的有几分相像。

"真是不可思议。颜……颜路还有那个倾向……我真的不知道呢。我怎么这么笨呢？"他的声音在黑夜里仿佛一口深不可测的地窖，"这孩子在仪表厂上班，两个月前，他的下水管道堵塞了，一个修理公司的工人来给他通下水道，颜路给他去买香烟。这个修理工有顺手牵羊的毛病，他在搜索颜路的抽屉时……"他在那头好像哑巴了。

"颜路不是……美容师吗？"

"美容师？不是，他在仪表厂当工人。他爸妈死得早，给他留下一处房子。"

我不知道要说什么。

"那个修理工在颜路的抽屉里，发现了一些人体器官……"他似乎呕吐了起来，我听到了呕吐的声音，"那是一根男人的手指，被福尔马林浸泡过，另外还有两只蜡封的耳朵和……和男人的生殖器。那个修理工吓坏了，于是去报警。颜路买香烟回来，发现有异常，就吓得跑了。你相信吗？后来警察们在颜路的日记里发现了事情真相。原来……这些器官是一个外号叫狼的小伙子的。他和颜路好了五年，后来去东北做生意。其实……其实是去东北做皮肉生意的……颜路就到东北，在一个下雪天把他给杀了……他带着这个男孩的手指……耳朵……和生殖器，用一个旅行包背回了蓝城……颜路的尸体是在蓝城郊区一座废气的轧钢厂房里被发现的……他……干吗自杀呢？他把自己的手腕割了一个洞……他身体里的血全流光了……"

我后来不知道他讲了些什么，出于激动或别的因素，他叙述的不是很清晰："……其实，颜路在逃跑之前，来过我这里，留下了些东西，是给你的。你想要吗？颜路真的是个好孩子，他怎么做出这么愚蠢的事呢……他是死心眼，那个叫小轩的孩子去了东北后，他省吃俭用，每个月给小轩邮一百块钱……他哪里是什么美容师啊？他这辈子只会用电焊焊接那些破损的机床……他根本没出过国，别说澳大利亚了，除了蓝城他就去过佳木斯……还是杀人去了……"

10

一个月后，我收到了一封蓝城来信。那天我老婆扒着我的耳朵说，她以后再也不用值夜班了。宣布完这个幸福消息后，她从身后搂住我，双手在我的腰上打了一个结。我刚剁掉一只白条鸡，手里还捏着把菜刀。后来我用刀背在她白皙的手指上轻柔地滑动，我听到金属和皮肤"沙沙"亲吻的媾和声，刀身上凝固的鸡血仿佛蠕动着的蚯蚓蹭到了她的手背上。我闭上眼……我听到了门铃声。从邮差手里接过那个大信封时我犹豫了片刻。我老婆顺势从我手里抢过去，嬉笑着问："哪个老情人给你写的情书啊？我检查检查。"

她撕开信封，在抽信笺时一些崭新的纸币飘出来。"喏，有人给你寄了三十块钱。"然后她把一张照片在太阳光线下晃来晃去着欣赏。后来她故作失望地把照片递给我。"这两个帅气的小伙子是谁？景色也很美呢。"

我接过来。我看到了一张在雪地里拍摄的黑白照片，照片上是两个男孩子，并肩站在海边，或许是因为下雪的缘故，他们的面目有些模糊。不过，他们手里那只毛茸茸的考拉和一只跳跃姿态的袋鼠倒是醒目。其中拿考拉的那个男孩，把考拉的嘴唇贴在另一个男孩的耳朵上，开心地笑着。我不知道他们哪个是颜路，哪个是小轩。我永远都不会知道了。

"你干吗啊？弄得我手上都是鸡血，"我老婆嗔怪道，"脏兮兮的，多难洗啊。"

也就是在这时，我混乱的思维无比清晰起来。我突然回忆起，那个晚上，我是在火车站女厕找到那只刺猬的。这个好色之徒溜进了女厕所，在那些卫生巾里拱来拱去。当我把它揽进我怀里时，它拼命蠕动起来，我只是死死地按住它的脑袋，让它狭小的头颅贴着我的大衣袖口抽搐，后来它惊恐的眼珠配合着恐怖的吱吱声让我……在瞬间无声地抽泣起来。

我把瑞士军刀从它柔软的小腹抽出，搁到我的头顶上空凝望着。一些黑色的血顺着刀身缓慢流淌，另一些血，则像暗夜里盛开的细碎花朵，在钢刃处，支离破碎地，胶着着。

2002 年 4 月 22 日

穿睡衣跑步的女人

一九九九年的马小莉第六次怀孕。前五次俱是女孩，五个女孩中尚有两个蜜蜂般蛰伏蜂房，剩下的那三个，蒲公英似的飞走了。谁知道她们飞到哪里了呢？周三从不告诉马小莉，他是个喜欢保守秘密的泥瓦匠。泥瓦匠只强调说，他把女儿们送到了最适宜的人家。"你担心个屁！她们有吃有喝，长的比苜蓿花还漂亮！"周三说这话时拧拧马小莉的臀，"这能怪我吗？你知道是女孩也不肯堕胎。是你自己找罪受啊。你要是生个儿子，问题不就全解决了吗？"

马小莉比周三高半头，骨骼比周三粗肥，她望着他时，其实只是俯视着他光秃的头顶："你干吗非要个儿子？"

周三通常甜蜜地掐着她肥硕的腮。"我不知道，我就是想要个儿子。真的，做梦都想要个带壶把的，"他神志恍惚起来，孩子似的嘟囔，"是啊，我为什么非要个儿子？"

马小莉半晌闷闷地问:"那三个闺女,你都送谁了?她们好歹都是从我身上掉下来的肉,我想她们。她们是我的。你即便把她们送给了县长她们也是我的。"

周三拒绝回答这问题,当然,他心情好时——也就是喝酒喝到微醺时,他晕着红脸安慰她说,那三个女孩命好,因为那三户人家俱是本分人家,只是老婆未能生养,其中一户,夫妻两个都是全国优秀教师。"你从来没见过那么多书呢,三室一厅一百平方米,光书橱就占了两间,"他嘘呼着说,"那丫头长在书香门第,将来不上剑桥,也能上北大。我敢打包票。"

周三知道英国剑桥大学,作为一名手艺并不出色的泥瓦匠,已足让马小莉自豪。这个泥瓦匠也没什么不良嗜好,就是喜欢赌博。不过周三好赌和那些优秀赌徒不同,他只是小打小闹,平时休工,他就和清水街上的老头老太"钉马扎"。他对这门简单的技术性赌博有种天生灵性,他从不输钱。他用赢来的钱给马小莉买口红和肉色长筒袜,给大女儿周素芬买冒牌阿迪达斯运动鞋,给小女儿周素芸买"背背佳"书包。马小莉并不在乎这些,她只是不想再生孩子。"我那个地方都成栗子树了,"她时常忧心忡忡地告诫周三,"孩子跟栗子似的吧嗒吧嗒往下掉。"

周三不理会老婆,他只在乎下次掉出来的肉团,是否出乎意料地生只鸟儿。那只不会鸣叫的鸟无疑会让他莫名地飞翔起来。

马小莉从何时铁定主意不生孩子了呢？最后一次月经光临后，她仿佛秃鹫闻到糜肉的气味，警惕地留意到新一轮的孕育又将开始。此时，她突然有了自己的主意。有了自己的主意后，她着手实施计划。她不想吃药，那些打胎药即便很便宜，她也不愿意让那些江湖郎中从她手里赚一分钱，那些钱好歹能买袋化肥，再者打胎药会伤身子。最好的方法便是自然流产。而自然流产的最好方式无非是超负荷的体力劳动。这样一九九九年马小莉突然怂恿周三买下了赌友周小林的十亩稻田，她说她从电视新闻里得知，今年水稻价格将会大幅度提升，为什么价格会提升呢？马小莉是这么说的："你不知道吗？中国马上加入WTO了啊！WTO好啊！WTO的领导是非洲人，非洲人缺粮食啊！从哪儿进口呢？中国啊！水稻紧缺了，价格就抬上去了啊！周素芬他爸，你就把周小林的那十亩地包下来吧！"

周三对马小莉的这套荒诞的理论很是佩服，马小莉是高中毕业生，除了生孩子缺乏点头脑，做别的事情倒是高瞻远瞩。周三家的地全卖给了镇上的钛铁厂，地是没有的，不过周小林住在城乡接合部，这个终日被风湿病纠缠的老鳏夫倒是有十亩。他两个儿子在外地打工，那些田本荒芜着，他便和周三签了合同，将十亩地包给了马小莉。

于是九九年春天的马小莉便成了清水镇最忙碌的女人。周三的泥瓦匠生意春天火爆，是要去市里建筑工地揽活的，地里的活理所当然全塞给马小莉。四月的马小莉到集市上买了秧苗,又开着手扶拖拉机运到田里。人家插秧俱是请帮工,马小莉则一人全包。清水街已经四五十年没有出过这么能干的女人了。清水街的男人看着马小莉在田里炸窝的马蜂般乱飞,通常喟叹着说,周三好命呢,娶了个虎背熊腰的女人。他们有时候蹲田垄边,注视着马小莉撅着屁股,弯着厚实脊背,嚼上一支烟,然后涩涩地走开。

然而马小莉并不开心,夜晚她躺在床上,用手抚摸着依然渐渐隆起的小腹,听到了这个孩子骄傲的笑声。这笑声如此细小而尖锐,以至于她有个愚蠢想法,那就是把手探进子宫,将这个处于流质状的物事抠出来。除了虚心请教别人还有何捷径呢?于是翌日,她拜访了清水镇上的一个足以让她羡慕的女人。

这个女人姓郭,是镇上的小学教师。这个姓郭的女人之所以让马小莉羡慕,是因为她结婚六年来,已流产五次。马小莉拜访她的那天是礼拜六,阳光充沛,空气里飘浮着杨花。女人正坐在庭院里织毛衣。她对马小莉的贸然来访抱了诚挚的热情,多年来,她一直想请教马小莉下猪崽似的生孩子秘诀。她放下米黄毛衣,温柔地凝视着马小莉。马小莉也热切地凝望着她,问:"你还在织毛衣吗?"

"是啊,"女人说,"我在为我将来的孩子织毛衣,我已经织了二十二件。"她喟叹着说:"我要织六十件毛衣,等孩子老得咬不动馒头,身上最起码还是暖和的。"

女人黯然的神情令马小莉一时语塞。女人接着问马小莉有什么事情吗？听说你承包了十亩水田呢。马小莉琢磨了半天，问："我想跟你打听打听，怎么着才能……让孩子……顺利……流产呢？"

女人的脸僵住了。她用毛衣针蹭了蹭头皮。她总共蹭了十来下。后来她干脆放下手里的美国大平针，柔和地问："你又怀孕了吗？"

马小莉点点头。点头的同时她还在热忱地盯着人家的瞳孔。女人的瞳孔在阳光的照射下仿佛猫科动物那样闪烁着绿色光芒。后来女人微笑了下，她说："我现在是信命了，我想要一个孩子，哪怕是拐子、瞎子、哑巴、侏儒、白痴也好啊……可我就是一个都保不住。你不知道我有多羡慕你吗？"马小莉恍惚着摇摇头。"那我告诉你，"女人平静地审视着她说，"我以前读过一篇法国小说，里面的那个胖妓女，和你一样能生养，为了弄掉孩子，她经常在马棚里翻跟头，要不就用身体使劲撞墙，不过，"女人眯起眼睛说，"还有一种方法，那就是用麻绳勒肚子，把自己勒成条瘦蚕蛹，肚子平了，孩子也就没了。"

这个喜欢读小说的老师的并非经验之谈的流产方式无疑让马小莉甚为失望。女人垂着头，继续为孩子织毛衣。当她发觉马小莉还愣在那里时，笑了笑。"那你就去镇上的文体中心跑步吧，"她打着哈欠说，"练习那种加速跑，根据牛顿原理，加速度会让人体受到最大限度的破坏和冲击，也许跑着跑着，你的孩子……就掉出来了。"

这样，怀孕后的第三个月份开始，马小莉成了清水街最活跃的运动员。每天六点半，她假装挺着肚子去镇文体中心跳舞。她这样的孕妇好像很少能找到像模像样的舞伴：长得河马般臃肿，笑起来还暴着母兔子般优雅的黄板牙。没人邀请她跳国标和高难度的拉丁舞，她就做出只得跑步的低姿态。开始她怕旁人注意，她必须首先从服饰上装扮自己。在离开家之前，她会套上一件宽大睡衣，这件睡衣是粉红色的，质地优良，摸上去滑得像动物毛皮，又柔又暖。这件名牌睡衣，是城里的弟弟过年时送给她的，弟弟经常把弟媳妇遗弃的衣物馈赠给亲爱的姐姐。那时周三已跑到市里施工，穿着睡衣的马小莉叮嘱大女儿周素芬做饭，而她的清晨锻炼就秘密进行了。

她通常在环形跑道旁选择一个比较隐秘的角落，跑道一百米长的样子，短短地像根盲肠。然后，她犹如经验丰富的老运动员，抖擞着活动活动四肢：压脚、高抬腿、扭腰、翻手腕。最后她将双手撑到潮湿的土壤上，左腿弯曲，右腿伸直，脚上的那双周素芬的运动鞋，仿佛是蜗牛柔软的腹部紧紧抓牢墙壁。这时，她能感觉到子宫里的孩子正在恐惧地呼吸，孩子的呼吸柔弱而急促，让她的心纠结成一团乱麻。她咬咬牙齿，安慰孩子："妈这是为你好。知道不？一辈子不能跟父母相认的孩子，是世界上最可怜的孩子啊。"

在没有裁判员喊"预——备"、没有裁判员打起跑枪的情况下，马小莉晃悠着跑了出去。开始冲出时她的速度很中庸，也就是说，她的速度和一个三十六岁中年妇女的体型、体力和肺活量成正比。她加速是从四十米开外，在没有人留意她的前提下。她奔跑的速度带着某种故意的搔首弄姿，她肥硕的臀部颠簸着，头发柔曼地拂过脸颊……她惊异地发现，她的身体还像当姑娘时那么健壮，她以为她达到终点时会瘫倒在地，而事实是，她达到终点后，还能再以同样的速度窜到起点，甚至比从起点出发时速度还迅捷。她的跑步天赋是被一个资深教练发现的。那天，中学体育老师率领着一帮短跑运动员来文体中心训练，这个曾训练出全国女子百米亚军的教练员惊讶地发觉，在离他不远的场地上，一个穿睡衣的女人以流星划破海面的速度在一条短短的跑道上一闪而逝，她的速度甚至超越了全国百米冠军李雪梅。当他看清这是名中年妇女时，他吃惊的程度不亚于活吞了一条蜥蜴。他和马小莉恳切地谈了一早晨，建议她去参加十月份将在广州举行的全国农民运动会，当马小莉拍着自己的肚子忧虑地盯着他时，教练才郁闷地抽了支香烟。后来他经常向别人喟叹："我要是早发现她二十年就好了，哎，我相信这个穿睡衣跑步的女人，会拿奥运会冠军的。"

马小莉真的成了文体中心的显赫人物，那时她的肚子更挺了。她懊悔地察觉到，孩子并没有因为加速跑而消失，如她的美妙想象，跑着跑着，从子宫里仿若成熟的瓜蒂那样坠落……

相反，孩子的体积似乎正以加速跑的速度成长着，他在她的羊水里游得如此自在，并因超量的母体运动而发育得格外强壮。但马小莉并没有放弃，马小莉的跑步一度成为文体中心最吸引人的保留节目。一九九九年夏日清晨，一帮群众拥到文体中心，主要就是观看马小莉跑步。他们成群结队地围绕住操场跑道，恐惧地目视着一个穿粉红睡衣的孕妇疯狂地奔跑，她姿势优美，藏羚羊或者麋鹿那样矫健地扬着蹄子，当最后的冲刺来临时，马小莉在他们的瞳孔里简直变成了一朵被闪电夹裹着奔跑的大丽花。

这朵粉红大丽花的运动生涯是六月份某个早晨终结的。她的大女儿周素芬带领着刚回家的周三，押解俘虏一样把马小莉赶回家中。到了家里，周三让马小莉立正，然后他搬了一个板凳，站上去，开始拼命揪马小莉的头发。周三的手腕很有劲，他相信如果自己不停，这个愚蠢女人的头颅将变成一个秃倭瓜。

"你不知道你怀孕了吗？"周三问。

"你不知道这样会流产吗？"周三又问。

"你不知道我想要个儿子吗？"后来周三搂住马小莉，号啕大哭起来。

不跑步的马小莉似乎更忙了，她并没有深刻反省自己。她又养了十头猪。这些猪傻吃茶睡，每天都要吞食大量糠麸和蔬菜。马小莉绕着锅台、庭院转来转去，即便不喂猪，她也鼓捣苞米。他们家以前是产粮大户，那些陈年苞米都堆砌在房顶上。马小莉就扶着梯子上房，把囤子里的苞米一袋袋背下，撒到院子里晒，晒到颗粒鼓胀，又一袋袋顺着梯子背到房顶。偶尔她坐在自家屋顶上，双腿顺着房梁耷拉下来。从他们家门口路过的人，通常看到她穿着睡衣，若有所思地晃悠着粗壮的双腿，望着清水镇愈来愈暗的天空，他们便说，周三媳妇怀孕后，越来越不正常了。

周三对马小莉的行径并不感到奇怪。他又去城里当泥瓦匠了。泥瓦匠相信马小莉会体会他的一片苦心，不会再做丢人的糗事。可马小莉的两个女儿对母亲的行径除了好奇，还有些担忧，比如马小莉的大女儿周素芬。她戴着一副廉价的玳瑁眼镜，脸颊上出现因初次来潮而造成的雀斑和丝丝缕缕的红晕。每天散学后她就黏上母亲，马小莉晃到哪里她跟到哪里。"我知道她想干什么，"有一次周素芬推推鼻梁上的眼镜，悄悄对妹妹说，"她真的不想再怀孩子了。她真的想把孩子弄掉。真的，我知道她想这么干。她蓄谋已久了。"

夜晚的马小莉还会把手指按在扣锅般的肚皮上。她感觉到那个孩子正在拼命地吸食她的营养，孩子似乎晓得正面临着生死考验，每过一晚，这孩子都会让马小莉的腰围肥上半寸。有段时间，马小莉开始禁食。她想把孩子饿死在肚子里，她想除了把孩子饿死在肚子里之外再也没有好办法了。

正规的绝食运动是七月份开始的。每天她把饭煮好，托着双腿，盯着孩子们狼吞虎咽，把那些喷香的食物消灭掉，而自己在一旁吞咽着舌苔底下分泌的寡淡唾液。这些单纯的唾液让她三天没吃任何食品。她甚至相信这个和她作对的孩子已经被她彻底消灭了，从第二天开始，孩子便在肚子里没有动静了，孩子不再踢她，也不再顽皮地蠕动，说实话她已经开始设想如何面对周三歇斯底里的咆哮和殴打了。

"要想富，少生孩子多养猪。"

"国家兴旺，匹夫有责；计划生育，丈夫有责！"

"结贫穷的扎，上致富的环！"

这些朗朗上口的宣传词首先让马小莉失望。它并不能从本质上消灭周三要儿子的决心，或者从本质上打动周三。可她没有再优美的话来伺候他了……然而事情出乎马小莉的意料，她远没有得到这样的机会。禁食运动的第五天，她喂猪回来，一头栽倒在炕上。她觉得自己快死了，她觉得她要和肚子里的孩子一起被自己消灭了。那就一起被消灭吧，马小莉想。"我就不信我对付不了一个我看不见的人。"当周素芬中午回家吃饭时，母亲正躺在床上不停抽搐，口腔里喷吐着绿色胆汁。像一个聪明孩子应该做的那样，她飞快逃出家门，去请清水街最著名的医生。

这个医生给马小莉输了两瓶葡萄糖和三瓶生理盐水。当马小莉睁开金鱼泡双眼，他叹了口气说："你这是何苦呢？"

失败的绝食运动并没有影响马小莉消灭孩子的积极性。孩子已经六个月，她突然想知道肚子里是男孩还是女孩。有天中午马小莉嚼着黄瓜去县医院做 B 超。如果是个女孩子，她的下场无非是被周三抱给"最适宜的人家"，他这个人这辈子最得意做的事，无疑就是把那些嗷嗷啼哭的女孩无私地奉献给那些生理不健全的好人。他像踢土拨鼠那样把她们踢出家门，然后继续播种，等待下一轮的收获或者摈弃，他已经把这些事情看成了顺理成章的事。他是个没人性的男人，马小莉想，我再也看不到我的女儿们了……我甚至不知道她们是活着还是死了。

马小莉挺着坟丘般的肚子，被那个脸色铁青的男医生在上面抹了些许冰凉液体。他命令马小丽摆出各种优美姿势，并将一支电熨斗似的精密仪器在脂肪上挪来腾去。她听到医生说："起来吧。"

"大哥，男的还是女的啊？"

"恭喜恭喜，是个男孩。"

"哦，是个男孩，"马小莉从病床上直起腰身，继续嚼她的黄瓜，"是个男孩。"

马小莉出了医院，正午的阳光抓着酥痒的头皮。"是个男孩，"马小莉突然就哭了，"为什么是个男孩呢？"马小丽拽出手绢擦拭眼泪，坐到台阶上。"不管是男孩还是女孩，我都不想要，"黄瓜的香气正被尖锐的牙齿慢慢咀嚼成药片的苦涩味道，"我再也不想生孩子，没有谁能阻拦我。即便是男孩又会怎么样呢？照样会被周三送别人，他已经上瘾了……我知道他已经上瘾了。"马小莉踢了踢身边散步的一条野狗。"我要毒死这孩子。"马小莉的瞳孔被阳光放大成一只破碎了的玻璃球。

马小莉开始收集蜈蚣。收集蜈蚣是令人劳神的事，马小莉忙活了整个上午，也没有在家里抓到一条蜈蚣。当周素芬散学时，发现母亲正在猪圈棚顶上拱来拱去，她搬开猪圈上的倭瓜秧，或者废弃多年、布满青苔的磨刀头，把头伸到下面，小心翼翼地窥探着什么。她甚至像个杂技演员单腿独立，这对她来说是个典型的高难度动作，但是她技巧性地完成了：她的一条腿跷到倭瓜秧上，粗壮的腿变成了倭瓜秧的枝蔓，另一条腿笔直地挺立，如麻竿一样稳稳盘住猪圈的墙基，只是为了在那些斑驳的土坯缝里找到一条蜈蚣。

"你在干吗？"周素芬问，"你会跌到猪圈里的。"周素芬的小眼睛剜着母亲。"我知道你想做什么，你瞒不了我，我会告诉我爸爸，"周素芬几乎有些恶毒地说，"你想让孩子掉下来吗？你以为孩子会像你那么傻吗？"

马小莉不喜欢周素芬，周素芬最崇拜的是周三。马小莉不喜欢崇拜周三的人，马小莉喜欢周素芸。周素芸从不因为周三给她买牛仔裤而向父亲告母亲的状。"我什么都没干，"马小莉说，"我在逮蜈蚣。"

"你又耍什么花样？"周素芬皱着眉头，"我从来没有见过你这么没心没肺的人。"

马小莉不是个笨人，她从电线杆的垃圾广告中找到了一家蜈蚣饲养场。那个厂长对这个孕妇抱了种不屑的态度。"你就买三条蜈蚣？你买三条蜈蚣能做啥？你为什么不买三百条呢？你买三百条我给你七折优惠，如果你买三条，我只能顺便搭配给你一条蜈蚣的卵虫。"

马小莉回到家，孩子们都上学了。玻璃瓶里蠕动着三条蜈蚣。马小莉从不晓得蜈蚣会有那么多条腿。它们狭长的身躯让马小莉的胃痉挛起来。"没有什么能难倒我的事。"马小莉往玻璃瓶里倒满白酒，蜈蚣开始在玻璃器皿里游动，它们红褐色的躯体让马小莉呕吐起来。她的手不停地抚摩着自己的小腹。那个孩子又在里面跳舞了。她知道他在里面欢快地跳舞，或者伸展着小腿做百米加速跑的预备活动。"你会喜欢这些食物的，"她温柔地对孩子说，"它们的肉，是世界上最有营养的蛋白质。"

吃了三条蜈蚣的马小莉等着孩子在子宫里折腾。他会一直折腾到把羊水捅破，然后从她温暖的子宫里爬出来。他的脸会像老头那样满是褶皱，他还没有发育完全，他的耳朵也许只有一只，他的鼻子也许只有一个孔，他的头发也许比周三的头发还要少，可这些都不重要了，他的血液里会流淌着蜈蚣的毒素。"他不会怪我的，我知道。"马小莉感觉到那些喝醉了的蜈蚣的碎肉屑还在牙齿边跳动。她含着眼泪爬上屋顶，腿荡在屋檐下，满是油渍的粉红睡衣被风安然地拂着，露出虚肿的小腿。

　　整个下午,孩子没有动静,马小莉只得从屋顶撤离。晚上看电视时,孩子在肚子里踢她。她就盯着电视屏幕流眼泪,她流了一晚上眼泪。第二天,这天孩子在肚子里折腾了四十二次,每次他用脚和手撞击她的子宫,她就流一次泪。马小莉这样流了三天的眼泪。第四天早晨她去厕所时,肚子绞痛起来,根据以往经验,她晓得这是临盆前的阵痛。她在床铺上翻滚了半天,她甚至按照那个经常流产的小学教员指导的那样,在床铺上开始翻跟头。她就差把头撞击墙壁了。然后肚子就安静下来,她迅速下了床,拼命朝厕所跑去。当她蹲下来排泄时,她拉了一泡黑乎乎的大便,她有点不相信似的感到失望,后来她捏着一段高粱秸在粪便里扒拉。她突然尖叫了一声,有东西在粪便里蠕动着。张着大嘴的马小莉盯着那三条蜈蚣从里面蹒跚而出,摇摇晃晃地蛰居到猪圈墙壁的缝隙里。

　　马小莉被这个倔强的孩子彻底打败了。她突然无所适从。在周三打工回来之前,她去了镇上的计划生育委员会。她在计生委办公室门前的台阶上坐了半天,她甚至挺着肚子在办公室里溜达了两圈。里面有个和她肚子一样蠢的男人。他看上去就像是计生委的主任。

　　"我怀孕了啊。"马小莉说。

　　"我没说你没怀孕啊。"男人说。

　　"我已经有两个女儿了。"

"回家准备罚款的钱吧,"那个男人剔着牙说,"女孩男孩都是一万五。"

"什么时候涨价了呢?"马小莉问,"不是女孩五千男孩一万吗?"

男人狐疑地瞥她一眼。"男孩女孩都一样了。"

"你们把我抓起来吧,"马小莉说,"你们为什么不把我抓起来送医院呢?"

男人看着马小莉打了个喷嚏,后来他试探着摸摸马小莉的脑门:"你不是周三老婆马小莉吗?我和周三是铁哥们,你不老老实实猫起来候着月子,跑这里做什么?你们不是一直想要个男孩吗?"

马小莉没听他继续絮叨,她回了家。她安详地褪掉孕妇裤,凝视着自己的肚子。肚子上的脂肪正被孩子拱得一颤一颤,肚皮上的妊娠花纹像刺绣上精细的针线,围着肚脐朝四周放射。"儿子,"马小莉说,"你怎么这么倔呢?你怎么和我一样倔呢?你连加速跑和蜈蚣都不怕,"马小莉嘟囔着,"一定是个顶天立地的好男人呢。"孩子仿佛知道母亲终于屈服了,马小莉已经顶到乳房线的腹部又开始温存地涌动起来,马小莉叹了口气。

周三回家了。在这个濡湿的夏天,他变得黝黑而有气无力。看到马小莉的肚子时他惊喜地摸了摸她。马小莉抱住周三长颈鹿似的头颅,一字一顿地说:"是——个——男——

孩。"如她想象的那样,她听到了周三猫头鹰般惊喜、恐怖的尖叫声。

马小莉剩下的三个月是在床上度过的。周三这三个月里再也没出过远门或者去赌钱。这三个月里周三成了一名地道的育婴专家和营养学家,他仿佛古代的炼丹家搭配着各种食物和蔬菜,以期创造出天底下最齐全的孕妇食品:它将包含维生素A、B、C、D、E以及铁、锌、钾、钙、镁,它将会把儿子喂养得壮硕、肥胖、水灵,长大后成为河马一样健壮的男人。当然智力投资也是最重要的事情,周三时常把耳朵贴在马小莉的肚皮上,念诵《果树剪枝三百法》或者《摩托车修理必读》,他甚至在马小莉的怂恿下从那个郭姓的小学老师那里借了本《马克·吐温小说全集》。后来在小学老师的指导下,马小莉每天晚上还要背诵英文单词和艰涩难懂的化学元素表。周三和马小莉专门买了一个迷你型录音机,播放一个叫肯尼基的外国人吹的萨克斯和一个叫理查德的外国人的钢琴曲,总之,那个小学老师把多年臆想出的、尚未有机会实施的胎教计划全部传授给了他们。他们也爱上了这项繁复的、枯燥的工作。他们还央求周素芬清晨做广播体操,希望孩子能模仿着运动,将来好有健美运动员一样出色的肱二头肌。他们的热情也感染了周素芬,她坚持在秋末料峭的晨风中练习跳高,希望未来的弟弟能在马小莉的肚子里和她一起锻炼,长大后有修长的双腿,做个胡东那样的超级男模。周素芬的理想就是将来去北京当个模特。总之，马小莉和她的家人们做了最优秀的胎教。他们相信这个孩子出生后三个月内就会长出洁白的牙齿，六个月内会像体操运动员那样在平衡木上做霍尔金娜三小跳，九个月后会说一口流利的清水镇方言并偶尔使用英语。他们全家处于一种热烈的付出之中。他们都期待着马小莉临盆。周三已经打算不让他那个独眼姨妈为马小莉接生了，因为他姨妈春天时过世了。周三也不打算请别的赤脚医生和接生婆，他不相信他们的技术。"我弄个假准生证，我们去县医院的妇产科，"周三说，"我想让儿子出生后躺在雪白的摇篮里，尿我一身尿，嘿嘿。"

马小莉爱上了轰轰烈烈的胎教运动，换句话说，她把这项运动看成了甜蜜的事业。她再也不敢剧烈活动，哪怕是下地洗脸时手里也拄根崂山特产的"寿星"牌拐杖。有天晚上周三腻味着伸手摸她，她就狠狠咬他一口。她现在终于相信，有些事是她控制不了的，既然那样，为何不坦然接受？而爱上一件曾经厌恶的事情，又是多么容易。马小莉也像郭老师那样开始给孩子织美国大平针，以前她可从没这么干过。她不仅给儿子织了美国大平针，还给他织了顶西班牙宽檐帽，外加一双足球运动员穿的男式长腿袜。那些等待的日子里，马小莉体会到从来没有过的幸福感。她设想着儿子的长相、爱好、将来女朋友的样子和他的前程，嘴角时常滑筛出迷人的微笑。

她只是后悔吃了蜈蚣，如果不是因为那些蜈蚣，为何孩子十个月了还不出来？他是不是在惩罚她以前的任性和破坏活动？他终日在肚子里折腾来折腾去，就是不肯把羊水撑破。后来马小莉有些急了。"我要去做剖腹产，"马小莉指挥着周三为她提上鞋，"我不能再等，我知道他在和我置气。他以为他比我聪明能干呢。"

一九九九年十一月二十八日的马小莉走出家门，等候着周三去租出租车，她没让周素芬去上课，她需要一个得力的女助手。她骄傲地坐在门槛上等候时，看到了郭老师朝这边走来，对这个胎教方案的提供者马小莉抱了种感恩心态，她拔着嗓门招呼着："郭老师！你没去上课啊？"

郭老师微笑着攥住她的手问："你这是干什么去啊？"

"剖腹产啊！"马小莉憨笑着回答，"已经足月了，就是不肯出来，这个臭小子！"

郭老师又笑了笑。"去哪里做剖腹产呢？县医院还是妇幼？"

"县医院，"马小莉说，"你瞧，周三租了一辆红色松花江来了。"

马小莉上了车，上车前她友好地朝女老师挥挥手。她突然可怜起这个女人来了，她甚至想，如果这次是个女孩，她说什么也要送给郭老师，可以后生育的机会没有了，马小莉觉得对不起郭老师。这么好的女人为什么就不能生个孩子呢？

路途如此之近，马小莉似乎还没挥完手，就躺在医院的病床上了。周三办住院手续时似乎遇到些麻烦，他突然没有勇气把那张伪造的准生证掏出来了，他支吾着和医生解释说，他们保证这是第二胎，他只是由于手忙脚乱而把准生证遗忘在家里。"我从不撒谎，"他严肃地盯着医生说，"你知道，庄稼人都实在，不会骗人呢。"

周三办理了住院手续，医生答应再过一个小时就给马小莉做手术。马小莉有点紧张。她躺在白色的病床上，觉得自己犹如一朵要开放的、肉透的高丽花分娩出振奋人心的花蕊、花囊和花瓣，她甚至听到了花的沉重的呼吸声。一个睡在温暖花开的天堂的孩子就要降临到尘世了。她紧紧扯住周三的手说："你快把那本化学书给我拿来，昨天晚上我忘记了背化学公式。"

马小莉在背诵第一百二十条化学公式时，周三突然想抽烟，他比马小莉还忐忑："我出去一趟，你等我啊，我五分钟后就回来，我去买香烟，周素芬，好好看着你妈。"

周素芬点点头，开始在狭小的病房里做广播体操，她突然想起来，由于赖床，晨起时忘记了锻炼，这么想时她有些羞涩。"第五节，起跳运动，一……二……三……四……五……六……七……八……二……二……三……四……五……六……七……八……三……二……三……四……五……六……七……八……"

在她结束起跳运动之前，她发现马小莉狐疑地盯着病房窗口。她在窗口发现了好几个晃动的头颅，那些头颅有男有女，有戴眼镜的有不戴眼镜的，她甚至听到楼道里嘈杂的跑动声和手机刺耳的铃声，那些鼓点般的咚咚声让她有些纳闷。她走过去打开房门，听到一个男人粗着嗓子嚷："没错，就是这个女人，叫马小莉！没错！老王！你去一楼西门口！小周！你去一楼东门口！你们把门看好！小张过来！车来了吗？医生来了吗？"

马小莉挣扎着盘起身。在她明白是怎么回事时，一个漂亮的中年女人和一个黄头发的小姑娘突然冲进病房，一个抓住了她的右手臂，一个抓住了她的左手臂。她们技巧性地把马小莉夹在中间，她们消瘦的身材显得马小莉仿佛是个巨人。

"你们做什么的？绑架吗？"马小莉冷静地问，"我就要生产了。你们绑架我有什么用呢？"

那个中年妇女轻蔑地瞥了马小莉一眼："我们是县计生委的。我们接到举报，说有人超生。你不就是马小莉吗？"

马小莉恐惧地捂住自己的腹部，她突然意识到问题的严重性了。她朝周素芬吼了嗓子："去找你爸爸！快啊！"在马小莉做出反抗前，这两个身手矫健的干瘦女人已经架着马小莉从二楼晃悠到一楼。周素芬尖叫着跑过来撕扯女人的衣服，但是很快被另外两个男人拎开，她模特的身材和体重帮了他们很大忙，她比起马小莉来更像是头疯狂的母兽：

"不要抓我妈！她没有超生！"她白着脸啃那两个男人白皙的手指，"她怎么会超生呢？！她一直想把孩子打掉！"

马小莉没听周素芬的吼叫，她安静地捂着自己的肚子。她只是安静地捂住自己的肚子。她想，这个孩子仍在她子宫里不紧不慢地练加速跑，或者刚刚学会的起跳运动。他怎么就这么从容呢？他们会把她如何处理呢？在弄清这个问题之前她已被一帮人拽进一辆白色救护车。她从窗口里看到周素芬被两个人揪着又蹲又跳，她的一只运动鞋已不知怎么踢了出去，这个孩子穿着一只露大拇脚趾的花袜子，这些天马小莉一直忙着给儿子织西班牙宽檐帽，还没来得及给她织补。她在秋末阳光的照射下流着泪。可是马小莉已经听不到周素芬的哭声了。马小莉在救护车开过医院的大门口时遇到了周三。周三正叼着香烟，大踏步地朝手术室方向走。马小莉就是这时甩着高八度的女高音叫起来的。她喊着周三的名字。"周三！周三！周三啊周三！！"当她发觉一切都是徒劳后，她把脸蹭着车窗玻璃，她没有办法挣扎了，她的手被两个女人的手反扣着……她看到那个穿白大褂的男医生正在往针管里不紧不慢地注射液体，当他把药水灌满注射器后，他无疑会给她打上一针……那是一剂催产药，也是一剂毒药……马小莉听说过这种可怕的药剂……如果没有猜错，母体中的婴儿会因缺氧窒息而死，然后顺着产道滑出来……

马小莉觉得很累，她已经没有气力挣扎，她唯一的希望就是这个懂事的孩子在医生为她注射液体之前生下来，但这似乎是不可能的事情了。她的裤子已经被扒掉，她被按在车座上，像一只母狗那样趴着,那个医生开始用酒精棉球擦拭她的螺纹似的皮肤。马小莉的嘴唇翕动着。她伸出手试图抓住什么,但是她什么都没抓到。

马小莉是在一阵冰凉的刺痛后哭出声的。她头一次发现自己的哭声这么小,连自己似乎都听不清楚,她一直以为自己哭的声音会很洪亮,至少能让自己在哭声中得到一点安全感……她嘤嘤地抽泣声中,她听到他们欢快的叫声:

"出来了!出来了!孩子出来了!是个男孩!能有九斤重!快给孕妇打针镇静剂,她要休克了。马小莉,抬起头,别害怕。深呼吸。对,深呼吸。"马小莉睁开眼睛,不知道是谁的手在举着那个孩子。他像个玩偶被那人颤抖着高擎。马小莉看到了他一对红嘟嘟的耳朵和一个蒜头鼻子……她还看到了他的眼睛。他的眼睛猫一样睁着,瞳孔被飞驰的阳光流离着破开。他似乎在朝着她温暖而狡猾地笑。马小莉首先感觉到自己的心脏被蝎子猛蜇了下,接着被死婴的小手紧紧攥住。她听到了器官爆炸飞散的巨大声音。在她的手指触摸到孩子动物般滑腻潮湿的皮肤前,黑暗已经"倏"地一下漫过眼际。

2003 年

略知她一二

如果没有记错，那天他回来得很晚。二十岁生日这天，他干了件从没干过的事。事后，一种散发着蜗牛分泌液般的腥气始终挥之不去，即便在学校附近的沿海公路上行走了整个夜晚，他还是能闻到那种气息。它甚至遮蔽了大海的盐味。

到男生宿舍楼时已凌晨一点。门卫室还亮着灯。五月的风不算湿热，这让他清醒些。透过明亮的玻璃，他看到女人正趴在桌上睡觉。宿管是两个女人，轮流值班。一个五十多岁，另一个瞧不出年龄。趴在这里睡觉的无疑是那个年龄模糊的——她有头黝黑短发，还戴着咖啡色发卡。他盯着她抽了支烟，等过滤嘴烧到手指才"呀"了声。女人抬起头，愣愣地看他。他笑了笑，说，睡不踏实吧？女人点点头，是哦，这么热。他说，还没到夏天，等到了七八月，像在火里煎烤。女人瞪大了眼睛问，真的？他说，我怎么会骗你？你哪里人？女人垂下眼脸说,四川。他说,你暖壶里还有水吗?渴死了。

女人打开房门让他进来,倒了杯水递给他。递给他后才嗫嚅着说,不好意思,我们没有一次性纸杯,这是我的杯子……他说,没关系,我喝口就走。

她打开了收音机。那是台奇怪的收音机,京剧花脸的造型,里面传出粤剧的唱腔。她将音量调至最低,将好能听到男人咿咿呀呀。她将台式电风扇对准自己不停地吹。风大,将她的那件花格短袖衬衣吹得窸窣作响。他看到她脖颈上的头发也被吹了起来,犹如鸭尾浮悬在透明的水中。

他问,还习惯这里的生活吧?她明显一愣,旋即点头,惯了。以前出来过吗?她讪讪地答道,少。

我小时候也没出过门。最远一次是坐着火车到西安,买了个夜光滑板,吃了碗羊肉泡馍。

你们这代人,有福咯,她漫不经心地说,没吃过苦的,都泡在蜜罐罐里。说完低头凝视着自己的手掌。他离她很近。她的手指修长,黑,掌心满是暗黄老茧。

让我给你看看手相吧,他说,把右手给我。

她坐在椅子上,他跷着脚坐在床边。把她的手拽过来,展平,按实,拇指在她掌心蹭来蹭去。你有一个儿子和一个女儿,他说,本来命里该有第三个孩子,可是因为计划生育打掉了。他抬头看她,她惶恐地点点头。你的生命线很长,但你十岁时差点死掉,你生了场大病,是鼠疫,对不?她这次脸上没有任何表情,仿佛早就意料到他会这么说。你的婚姻很幸福,你丈夫是个本分人,挣钱不多,可疼你,从不在外拈花惹草……

她啧啧道,你这孩子,倒真有一套。我男人……以前专门研究过奇门遁甲和《周易》,可他给人批八字时老被人臭骂……她声音绵软,是那种蜜糖般的川普话,每个字发音都不在正确的音节上,每个字又都清脆圆润。你的戏拍完了吗?她说,你们这些学生,也蛮辛苦,不过将来都有大出息,能当大导演,拍大戏,赚大钱。说完她瞄他一下,垂了头胡乱摆弄着收音机。收音机传来嗞嗞啦啦电频的调换声,仿佛些许人在耳畔的窃窃私语,可没说两句话就纷纷断掉,然后声音变成颗粒消散在热风中。

她竟知道他在拍戏。他不禁看了她两眼。她的眼睛大,也只是大而已。眼角有玉米粒大小的疤。他的心忽就软了,还没有呢,他说,资金遇到了困难。不过也没啥,明年的毕业作品,着个屁急。

我总看你扛着摄像机跑来跑去。瘦瘦的,个子小,老担心你肩膀被压塌了……

我劲头大着呢,他说,我可是学校春季运动会的铅球第四名。

她撇撇嘴。他说,你还不信啊?拇指就顺着她的掌心滑到手腕,捏了捏。

日后想起那个吊诡的夜晚，他觉得是上帝事先安排好的。当他的手攀上她手腕时，眼前倏地一黑。宿舍楼断电了。不光是男生宿舍楼，连远处的教学楼和图书馆也一派昏黑。正在说笑的两个人仿佛忽然掉入了漆静的密室中，彼此还僵硬地保持着刚才的动作：他的手搭着她的手腕，并没有挪开。他能听到她略显紊乱的呼吸声……在他打算抽手时恍惚触到一团滑腻坚挺的肉。是的，一团突如其来的、温暖的、打翻了一切经验主义的肉。事后他想，可能是她站起来去拿手电筒，而他那只孩童般的手就顺着她的胳膊沿着条诡异的轨道滑至她的胸脯，稳稳地停驻在那里，犹如一只稀里糊涂穿越星际之门到地球旅行的火星花栗鼠……他口干舌燥，不禁用力掐了掐——这个动作让他瞬间有些羞愧，然而那种饱满、温软滑腻又令他血液沸腾。没等到她那声"哎呀"喊出，他近乎勇猛地一把将她扯揽过来，想也没想就胡乱亲起她的脸颊。

她身上有股浓烈的芒果味，那种过了保质期、尚未彻底腐烂的芒果味。这气味不时窜进鼻孔，轻易就将整个晚上萦绕的蜗牛腥气驱逐散尽。也许就是这种黏稠的、渗透着汗液气的香味让他不禁将她箍得更紧，肆无忌惮地撩开她的花格短袖衬衣，轻佻地攥住了她的乳房。她乳房小。她一动不动，没有再试图喊叫。黑暗中他的手指变成了无数条灵巧的小蛇在她的乳房、小腹、脖颈处窜来窜去。有那么片刻他妄图将她按在那张掉了漆皮的桌上，从后面强行进入她。楼上开始传来嘈杂的走动声，肯定是熬夜的学生们一边骂娘一边从储物柜里翻寻蜡烛。

楼上有空房间吗？他舔着她的耳垂问。

有……她声音比蚊蚋声还微弱。

我们上去坐会儿好吗？只是上去坐会儿。他下身紧顶着她。

……不好吧……哦……

我喜欢你……我喜欢成熟的女人……

嗯……

我喜欢你很久了……每次从这儿过，都忍不住多瞅你两眼……

她默然地揉开他，从床头摸索到个手电筒。

他们顺着那条颤抖的光柱一前一后往六楼走。他一直攥着她的手。她手心潮湿冰凉，渗出的汗随时都结了冰。他知道六楼有几间空房，堆砌着废弃的旧电脑和烂床板。当她用钥匙打开房门时，他将手电筒抢过来扔到地板上，抱着她跟跟跄跄挪向更暗的角落……她比他想象中要壮硕，他听到她的牙齿在不停叩响。他还听到她用古怪的四川方言不停地嘟囔，你要哪门……你到底想啥子……天嘞……天哪……

睡梦中他似乎还沉浸在莫名的欲望中，只有睁开眼，阳光打在瘦小的身躯上，他才有种这辈子从未有过的羞耻感。他和一个老女人发生了关系，不是一次，而是三次。她得四十岁了

135

吧？和他母亲的年龄仿佛。怎能睡一个跟母亲年龄差不多的女人？他想起她空洞的大眼，想起她结实而不对称的小乳房，想起她石榴花朵般的臀，想起暗夜中苟且的种种……一种古怪的念想又从胯间滋生蔓延开去。

打饭了！宿舍的同学说，天天赖床！今天别迟到，是华教授的课呢。他气若游丝地说，妈的，我精尽人亡了，替老子请个假吧。

他躺在床上继续想那女人，想着想着难免毛骨悚然。如果女人，那个乡下来的女人去学校告他强奸怎么办？他确实强奸了她……他们做了三次。一次在坚硬的床板上，一次贴在冰冷的墙上，还有一次是在楼道里……该是怎样的欲望驾驭着他将她拖出仓库按在楼道地板上不停进入和抽离？要知道，这层楼还住着经管系的十多名研究生……第三次他没用安全套，他身上只有两个。他裸身在屋里走来走去，走来走去，边走边猛抓自己的发根。后来他哆嗦着钻进被子盯着墙壁。墙上全是密密麻麻的水珠。这所学校濒海，每逢五月大海磅礴神秘的水汽就会从厚厚的墙壁逼渗而出，仿佛病人额头上总也擦拭不完的汗水。间或有肉潮虫在水珠间爬，无数条细小粉腿将水珠割裂成更细碎的水珠。他从墙上捏了只潮虫塞进嘴里嚼。他想，可能从来没有人吃过潮虫，就像从来没有男学生搞过宿管阿姨一样。

临近中午，他忍不住偷偷下楼看了看门卫室。楼梯拐角处什么都看不到,也不敢贸然下楼,索性又折回宿舍。他想,如果真的告发他强奸,他就一口咬定是她诱奸了他。按照常理,没人相信一个学生去强奸身材臃肿的中年妇女……即便如此他还是没敢去餐厅吃饭。等到下午饿得前心贴后背,他才晃晃悠悠拐下楼。他想去吃碗兰州拉面。即便真的碰到她,他也要去吃一碗正宗的兰州拉面。

她就坐在门房里。他惊慌地瞥她一眼。她低着头,似乎正在读书。她换了根粉红色发卡。他咬了咬嘴唇,趿拉着拖鞋径直往外疾走。你怎么一天都不吃饭?他听到她问,不饿吗?

他皮笑肉不笑地看她。她瞥他一眼说,你这个年龄正长身体,可不能饥一顿饱一顿。他喏喏着说我知道,我知道的。她说,我这里有几个虾饺,你拿去吃吧。他说不用了,我不爱吃虾饺。她说,你要不喜欢,我这里还有灌汤包。她从抽屉里拎出几个塑料袋。如果没有猜错,除了虾饺和灌汤包肯定还有水果。他闻到了芒果的味道。你拿去吃,她不容争辩地说,长得像根豆芽菜,要记得多吃哦。

他从她手里接过食物和水果,头也没回上了楼。虾饺很硬,无疑买了很长时间,包子还有些温热。他想,她没有生他的气,看样子也不会去学校告状。如果她有那样的想法,又何必送他这么多吃食?没准这些食物就是她特意买给他的。她一定在等他,按照惯例她早该换班了。他三两口吞咽下包子,望着窗外。窗外的花树挡了太阳。他想,天马上就要黑了,还是先把华教授的碟还了吧。

这年他读大三。跟许多导演系学生一样,他并不想毕业后回老家。他父亲,那个面如萨满面具的男人,那个曾经显赫的某局局长如今正在监狱里度过他的第二个春天;而他的母亲,县城最大的KTV老板,则在另外一所女子监狱里成了名笨手笨脚的裁缝。他探望过他们一次。他们抱着他哭,仿佛只在那一刻他们才意识到这个羸弱的男孩是世上最亲的人。他只是扭过脸木然地盯着警察。他们从来没有管教过他,十几年的光阴里,他们仿佛月光下陌生人的影子,模糊冷清,连声音都被吸尘器吸走。祖父祖母去世那年他正高考。他想,此后他成了真正自由的人。父母没给他留下太多钱,地下室两千多万的人民币、美元和港币早入了国库。从他们踏入监牢开始,他身上属于他们的血液也被抽空了。

他只是想毕业前拍摄一部关于少年的短片,最好能赶上上海国际电影节。

华教授一直认为他是学院最有才华的学生。至于华教授为何有如此奇怪的念头,他也说不清。华教授常邀他喝酒,更多时候华教授去巷子的发廊里找小姐,他在外面把风。华教授总是教导他说,不嫖妓的导演永远是三流导演,他要睡很多女人,才能拍出伟大牛逼的电影。他觉得华教授一点都不幽默。满脸络腮胡的华教授长得很像自己的祖父,尽管年龄要小很多。

在男生宿舍楼外，他再次看到了她。她推着辆老旧的自行车往前走。他才发现，她穿了条缀着碎白花的蓝色连衣裙。她走得慢，似乎不是她推着自行车，而是自行车牵着她。他突然怕起来，如果刚才她所做的一切都是缓兵之计呢？她只是犹豫，拿不定主意是否告他。等他疏忽大意、觉得事情平息时再抽他记闷棍。这念头一蹦出来就再挥不去。他若无其事地跟在她身后，东瞅瞅，西望望，内心却被雷电来回劈打。还好，他终归想出了个好主意，这主意简单而有效，那就是：他必须再跟她睡一次。是的，再跟她睡一次。如果她同意，证明她已经默认了俩人之间发生的事，换句话说，她对她和他的肉体欢愉是留恋的。这样事情的本质就发生了微妙的变化：强奸成了通奸，明晃晃的肉欲也沾染了些情分的味道。

他大踏步走到她跟前，问，下班了，你？

她愣愣地看他，好久才微笑了下，是啊，下班了。

如果你没什么事，我们到校外的餐馆吃顿便饭吧。你喜欢重庆火锅不？他眨着眼笑。他知道自己笑的时候，瞳孔里满是微微了了的小火焰。那些女孩总是这样形容他。

她沉默了良久才说，好吧……我们去吃火锅。

我帮你推自行车，他说，要不然我驮着你？

如他想象，她立马拒绝了这个建议，并迅速朝四周狐疑地扫了两眼。你先到学校外面等我，她声音很温和，像母亲在叮嘱自己的孩子。

那个晚上他们吃了顿重庆火锅。他不是很得意火锅,他有痔疮。但他颇为肃穆地从滚烫的红油里打捞着辣椒大口大口吞下去。他还要了几瓶冰镇珠江啤酒,先给她倒了满满一大杯。他说,能在这样的季节认识她,真的很开心。他用了"开心"这个词,而不是"幸福""美妙"或者"有幸"。说实话,他一直为昨晚在她耳畔说的那些情话害臊不安。

真羡慕你们呢,她喝掉大半杯啤酒后说,我高中的时候学习也好,考上了省里的中专,家里没钱,就没去读,秋后就嫁了人。

是吗?他装出惊讶的样子,你现在也可以去蹭课啊。没听说吗,北大的保安、清华的食堂师傅都考上研究生了。有梦想才会有收获啊。

我哪儿有那样的运气嘛,她羞怯地笑了笑。

吃完火锅,夜色漫卷过来。他们推着自行车在路灯下散步。你喝了那么多酒,去宾馆休息会儿吧,他说,反正也没啥事。

她没有表态。她没有表态的意思就是认同了他的建议。他顺利地开了钟点房,一前一后上了楼。上楼时她竖起衣领遮了下颌。那是间逼仄的房,只有张双人床,卫生间虽有淋浴,却窄得转不开身。她先洗了澡。等他裹着布满黄斑的浴巾出来,她已裸露着卧躺在床上,那条蓝色裙子叠得整整齐齐搁在方凳上。他拽掉浴巾慢慢地爬到她身边。灯亮着,她一直用胳膊挡着眼。两个人谁也没有说话,他亲吻着她的手指,她布满了茧花的手指，然后他的舌尖来回荡着她布满细小纹络的脖颈。当他的舌头吻裹住她的乳头时，她轻轻推搡开他。他听到她满怀歉意地说：

"别笑话我……都被孩子们嘬瘪了。"

他没有把跟女人的事告诉华教授。一想到女人那句话，眼眶就会悄然湿润。她说，她的乳房都被孩子们嘬瘪了。她到底是个怎样的农村妇女？孩子们多大了？读书还是跟她一样在外打工？老公在哪里上班？为何到了这般年岁才跑到南方捞营生？是不是家里遇到了什么不测？这些话他想问她，却没勇气说出口。唯一可以肯定的是，她不会去学校告他，看来他真是多虑了。他想起当他们离开钟点房时，她非要塞给他一百块钱。他惊诧地看着她问，你干嘛？她叹息了声，说，你是穷学生，不能让你掏钱呢。他笑了，你怎么知道我是穷学生？她把钱塞进他手里，说，富人家的孩子哪能像你这样，整天忧心忡忡，没个笑脸？

他沉默了，她也不再吭声。两个人又走了很远，她才说，你快回学校吧，明天我早班，早饭你别打了，我给你带。他很认真地打量着她。她的眼睛大，看着很空荡，可凝望久了，就能望出里面其实淌着湍急烈闹的水，若是凝望得更久，一切又都复归岑寂，犹如没有星斗的夜空。他想，她其实生得好，那头短发让她略显刚毅，可眼角那颗玉米粒大小的疤痕让她又蕴着被某种暗力摧残后的柔美。除了她的年龄,她似乎没有哪里不好。他一直想问她到底是哪年出生的,可一直没问。

第二天清晨他早早起来。他很少这么早起床,可他不想让别人看到他们有任何往来。他蹦蹦跳跳下了楼,透过玻璃窗窥到了她。她似乎等他很久,右手缩在胸前机械地、小幅度地晃着。他快步走过去,到窗口了站立,她递给他两个便当盒。他龇牙朝她笑。她也笑。她笑起来时嘴巴有点歪。很明显她知道自己的缺陷,所以笑得总是很短暂。她轻声细语地说,快吃,吃完了把盒子还我。

一个便当盒里是龙抄手,汤汤水水却没有溢出。另一个便当盒里是钟水饺和肠粉。他一个人在阳台上全吃掉。吃完跑到水房冲洗干净,又蹑手蹑脚地下楼。她没在,他把便当盒放桌子上,在窗外站了良久。他不知道自己在想什么。他只是感觉到一种细若游丝的暖意……当他意识到这点时立即警惕起来。我不会喜欢上她了吧?他懊恼地想,太他妈扯淡了!

心里却似乎真的有了点牵挂。他从来没有谈过恋爱,他不知道、也不敢琢磨这是否就是恋爱。作为有才华的导演系高才生,他向来只在戏里教导别人如何把握角色。比如系里新拍的话剧《欲望号街车》,那个饰演斯坦利的青岛男生总是一上台就大吼大叫,故意装出流里流气的模样。他有些不耐烦地告诉他,斯坦利不是这样的。他是个高傲的、对女人了如指掌的恶棍,可他并不沉溺其间,说白了,这是个有着艳俗色彩的"有种男人"，而不单单是个猥琐低俗的流氓。而现在，没有一个人来教导他该如何对待这个沉默的四川女人。

他打算当面向华教授讨教。以前他遇到困惑的事，通常会向祖父探教。那天傍晚他去登门拜访。华教授的出租房缩在学校附近的一条窄巷。家里从来不锁门。华教授曾得意地说，除了五个书橱的碟片，他是真正的家徒四壁，即便小偷来访，也只能偷走那台十九英寸的长虹牌电视机和总是卡碟的爱多牌DVD机。

推开房门，他看到华教授蜷在沙发上睡着了，茶几上是东倒西歪的空啤酒罐。电视机里正播着部黑白电影。他推了推华教授，没醒，索性坐在茶几旁的地毯上。很老的电影了，也不晓得名字。一个寡妇被一个吊儿郎当的光棍追求，寡妇瞧不上光棍，却也芳心攒动。他从地板上捡起封皮，是田纳西的《玫瑰文身》。他将音量关闭，顺手抓起听啤酒眯眼盯着屏幕。白色窗纱不时被风吹起，发出沙沙轻响，世间瞬息安静下来。他想，即便将此事告诉华教授又如何？华教授自己的生活已够糟糕了，老婆儿子在内地的小县城，一年到头见不了几次面，课虽然教得好，也并没有被学校格外重视，如今也只是副教授而已……风越来越大，湿热滚烫，吹出一身又一身粘汗。他还是没有忍住，掏出手机给她打了电话。

她的声音拘谨平淡。他简直能想象出她接手机的神情，肯定像被抓了现行的窃贼。没见过世面的女人都这样，无论做什么都没底气。想是被日子压弯了脊梁,顺带连肺里那口气也干瘪稀薄起来。他问她什么时候下班。她压着嗓子说,晚上九点。他说想请她吃川菜。她沉吟了会儿说,好吧。他听到她说"好吧"两字时,声线还是颤抖了下,就想,她可能也是很想跟他见面吧?

　　他们吃完川菜,照例去宾馆开钟点房。他倒丝毫不羞怯,反倒是她,仍和第一次一样将衣领竖起遮住下颌,身子慌里慌张地与他保持着距离。在楼梯拐角处她被一只破花盆绊了下,差点摔倒。他为她的笨拙胆怯愤怒起来,进了屋也没搭理她,径自躺床上。她洗了澡出来,见他还仰躺在那里,问,不洗澡了?他没吭声。她轻手轻脚过来,褪掉他的鞋袜,学习累吧?我知道,动脑筋可比插秧采茶劳神费力。说完将他的脚搬到她的腿上揉捏起来。她手上力道足,捏的穴位也准,他不禁呻吟几声。她就更加卖力,顺着脚踝一直捏到膝盖。他的心就软了,说,你躺下,我也帮你按摩按摩。将她推倒,跨坐上她的臀部揉起肩膀来。她肩宽,肉也厚,捏着捏着就硬了,冷不丁从背后进入了她。她比他魁实,似乎也要比他高,他趴在她土地般温厚的后背上,犹如营养不良的牛犊气喘吁吁地耕着肥田。很快完了事,动也不动。她也是。他忍不住用手托起她的下巴,才发现她的脸上满是泪水。你怎么了?他惊慌地问道,我弄疼你了吗?

　　没有,她推搡下他,翻过身,复将他拽进自己怀里。他去吻她的乳头。这次她没有拒绝，手来回磨蹭着他坚硬的发根。我真的没事，她说，我只是没想到，这辈子还能碰到你。他笑了，说，你这句话倒像是戏里的台词呢。她说，是吗，你们拍戏肯定有意思，能将别人的日子演那么好，不简单。他说，你喜欢？喜欢的话给你配个角色？她无声地笑了，说，我能演什么呢，五大三粗，要是拍《水浒》，倒能演母夜叉。他柔声说，你比孙二娘美多了。她说，那倒是，别看我没啥文化，可我跳舞是我们镇上最好的。他诧异地问，你会跳舞？她说那当然，以前逢年过节，我都领着镇里的姑娘们跳。他嘿嘿干笑两声。她似乎有些恼了，说，不信的话我跳给你看。

那是他这辈子见过的最难忘的舞蹈。房间只开了壁灯，她的深色皮肤在散漫恍惚的光线里格外突兀，犹如电影屏幕里的人物说着说着话就硬生生脱逸出来。她跳得大抵是种民族舞，手脚并用，忽东忽西，忽前忽后，又是弯腰又是劈腿，动作虽有些硬，却不经意间滑筛出某种斧凿过的柔亮。她的最后一个动作是单膝着地，另一条腿微微躬曲，两只手则孔雀开屏般展向后背。这个动作她保持了足足有五秒，似乎在等待他的掌声。他就鼓了掌，然后迈下床跨到她身旁，紧紧搂住了她。

他们隔三岔五地幽会。有时在宾馆，有时在海边，那次宿舍的人都回家了，他还把她带到了自己床上。后半夜她就爬起来，将他的脏衣服拿到水房一件件搓洗。等他醒来时她早走了，看着阳台上嘀嗒着水珠的衣物，他说不出是什么感觉。她不怕碰到起夜的学生？如果那些男生看到宿管阿姨三更半夜在水房里洗衣，会怎么想？还有一次，他约她去公园的凉亭，将她扽到圆柱上面对面地要她。她很慌张，怕夜晚散步的人发现，可他已经疯了，又将她抱在自己腿上不停耸动。他们都出了一身汗，等最后时刻来临，他一口咬住了她的胸口，有些咸，他分不清是她的汗水还是自己的泪水。她匆忙整理好裙子，安静地坐在他身边，后来干脆将他的头揽到自己腿上。他茫然地望着夜空，漫不经心地问道，你老公在哪里上班？

她极少提到家人。或者说她好像从来没有跟他提过自己的家人。他听到她重重地叹息了声，半晌没有搭话。他没在这个城市吗？他又问道，你的孩子们呢？他们都在哪里？

她依然没有回答。这次是连叹息声都没有。他觉得有些郁闷，从她怀里挣扎着爬起，穿好鞋子说，如果方便的话，下次我们去你家里。他说的是心里话，老开钟点房是开不起的，海边或公园这样的荒郊野外，老感觉一双无形巨眼在偷窥他们的一举一动。如果能去她家里，既省了钱又感觉很安全。

她叹了口气说，也好。

只是说了这么句，也好。

她真的带他去了家里。离学校很远，在郊区一座破败的楼上。没有电梯，楼道墙壁上全是修锁电话、通下水道电话、卖枪支弹药电话、卖迷药电话和形形色色的治疗性病小广告。不时有流浪狗在垃圾堆里觅食。她家在五楼，五十平方米的样子，除了台迷你冰柜，所有家具都被阳光晒得陈旧而舒适。边边角角也干净，明显事先精心打扫过。餐桌上摆着水果、点心和香烟。他笑着说，真把我当成客人了？她磕磕巴巴地说，没有呢，没有呢。话这么说，还是把挂着水珠的芒果递他手里。他也没客气，剥了皮滋溜滋溜地吃起来。她问道，好吃吗？他说，很甜。她就笑，说，我女儿以前也最喜欢芒果。他有一搭没一搭地问，现在不喜欢吃了？她没吭声，又递给他一个，说，喜欢吃就多吃几个，能吃也是种福分。

那天他们做了很长时间。她将他覆在身下，犹如水淋淋的肥硕海蜇死死包裹住鳗鱼。他简直不能呼吸。等海蜇被阳光暴晒得水分散尽，鳗鱼才活了过来。他似乎真的把她刺穿了。临走时他又吃了个芒果。本来她极力挽留他用晚餐，但那晚系里有活动，他是副导演，这种事万万不能有闪失。

接下去他颇为忙碌了一段时间。先是华教授的老婆孩子来了，作为华教授的得意门生，他有义务陪他们吃饭、购物、洗海澡、逛那些逛了无数遍的景点。然后是戏剧节要开幕了，《欲望号街车》是重头戏，他陪着剧组成员整日泡在舞台上。饰演布兰琪的女孩已经疯魔自不必言，连那个情商智商都不高的青岛男孩也总算是演得有模有样，让他略微放心了些。其间她联系过他几次，邀他去家里吃饭，被他婉言谢绝。等他回宿舍时通常很晚，值班的都是另一个宿管阿姨。从门房走过时他都有种恍惚的感觉，仿佛她已离开了这里，不但离开了这里，而且离开了尤为漫长的时光。一切似乎都那么不真切，那次他站在楼梯口回望着门房，心里格外宁静。

等忙过那段时间，两人见面时她似乎更黑些。依旧在她家。依旧满桌子的水果点心。两人什么都没说就先扑倒在床。他很疲惫，很快了事。她有些意外地抚摸着他的头发说，你等着，我给你做酸菜鱼。不一会儿就听到她在厨房里嘟囔，我真糊涂，忘了买白胡椒呢，真是老糊涂了……他听到开门关门的声响，听到楼道里急促的脚步声。懒洋洋爬起来冲个澡，坐在凳上吃西瓜。他的目光重又扫视了一遍客厅：灰色布艺沙发、掉漆皮的茶几、一幅简陋的复制山水画、一盆叶子暗淡的巴西木、几只鸡屎黄的塑料矮凳……然后，是那个迷你小冰柜。这个冰柜是房间里唯一鲜亮时髦的电器。银白色，每个棱角都在白炽灯泡下闪着光。里面有什么好吃的？他不禁好奇起来，趿拉着拖鞋走过去启开盖子。

只有一个袋子。他拎着袋子左右晃了晃。这是个手工缝制的红色布袋，上面覆着薄薄的白色冰碴。他以为是烧鸡或者烤鸭。看来她真是个吝啬的人，冻了这么长时间也舍不得吃。他把袋子扯开，里面是白色棉花。他还没见过这么坚硬的棉花。他好奇地将棉花一层一层揭下来。这花了他不短的时间。

是颗干瘪的、黑褐色的内脏。看来她很喜欢煲汤。他有些厌恶地将内脏重新装回袋子，一股古怪的气味不断蔓延开来，他不停皱着鼻子。这时他猛然听到"砰"的一声巨响，然后是女人尖厉的叫声。你在干吗?！他扭过头。她脚下是堆破碎的啤酒瓶和白色泡沫。

你咋了？他耸了耸肩说，吓我一跳。

放下！放下你手里的东西！她嚷道，谁让你动它的!

他把内脏扔进冰柜朝她吐了吐舌头。她小跑过来搡开他，捧起那团黑乎乎的东西掸了掸，又吹了吹，仿佛怕上面沾了灰尘。他尴尬地笑笑，委实不晓得该说什么好，只得拿了笤帚扫碎啤酒瓶。

那顿晚餐异常沉闷。他只是随意吃了几口酸菜。她也不说话，一直低着头，间或目光与他撞到也迅速移开，仿佛怕他问询什么。他索然无味地推开碗筷说，我走了。如果不方便，我以后就不来了。

她伸出筷子给他夹了块鱼头，盯着他小心翼翼地问，你……想知道那是什么吗？

他说，不就是猪内脏吗？放了这么久还能吃吗？以后要去超市买新鲜的。这个地方比不得四川，东西很容易就腐烂了。

她咬着嘴唇凝望着他，半晌才说，那不是猪内脏。

那是什么？他吐着烟圈笑着问，难道是狮子的心脏吗？

她伸手抠了抠他的眼角。一到这个季节他的眼睛就容易生眼屎。又蘸着吐沫抿了抿他翘起的鬓角，这才盯着他说，不是狮子的心脏，是我女儿的。

他问，你说什么？

她说，那是我女儿的心脏。

他差点从椅子上掉下来。后来他从椅子上站起来，身子贴紧墙壁，眼眨也不眨地盯着那个迷你冰柜。

我女儿的心脏……她的声音听不出有何异样，十七岁那年去广州，跟我说在手机配件厂当女工，每月都往家里寄一千块钱……事后才晓得，她在歌厅当小姐……后来死咯，咋就死了呢……谁也不晓得……我告状告了三年……法院判歌厅赔了五万块钱……

你在骗我，是吧？他笑着问她。他的声音颤颤巍巍。他的手挠着墙壁。他的脚趾在鞋子里全弓了起来。

……多听话的娃娃，眼睛比小鹿都漂亮……法医是个女的，心疼我……我就把它带回了家，走到哪儿就带到哪儿……只能走到哪儿就带到哪儿……

他侧身踅进洗手间不停洗手，后来扶着生锈的水龙头呕吐起来。

那晚之后他没主动跟她联系。一想到那个夜晚他就浑身不自在。他知道那不是她的错，当然更不是他的。他不止一次想起她的女儿，想起那个他从未见过的、眼睛比小鹿还漂亮的女孩，想起那颗黑乎乎、干瘪、冒着寒气、属于一个女孩的心脏……他知道自己应该宽慰她，可又不知如何宽慰。他只好跟自己说，这件事超越了他的理解能力。况且，这世上有谁不是受害者？他看过一部关于黑洞的纪录片，里面说，终极宇宙，所有生命都会消亡，而宇宙本身则会演化成一个没有边际的、死寂的黑洞……也许这世界跟宇宙没啥本质不同，所以呢，身处其间最好不要总是仰望，头顶不会有星空；最好也不要回头，身后不会有烛火。从父母入狱起他就接受了这个事实。而她，大概就要被黑洞吞噬了，手脚挣扎是难免的，只不过姿势如此古怪……那天，他躺在床上想起她的身体，想起她脂肪隆起的小腹，想起她辽阔粗糙的后背，想起她比乳鸽还小的乳房，觉得一切都寡淡无味，甚而隐隐鄙夷起来。

出乎意料的是，她也没再联系他。去食堂打饭，他也没在门卫室遇到过。有一次晚饭时他急匆匆冲下楼，才在人群中瞅到了她。她正跟戏文系的一个男孩吵架。或者说，是那个男孩梗着脖子在骂她。他侧耳听了听，却是男孩养的仓鼠丢了，在大门口贴了寻物启事，被她撕掉。他贴了三次，她撕了三次。他听到她唯唯诺诺地辩解说，最近教育部要来如何如何，学校不让随意粘贴广告……男孩嚷道，你个奴才！你个傻逼！学校让你死你就去死吗？！再敢撕我的广告就打断你的腿！说完他猛地推了她一下。她没有躲，怔怔地踉跄几步差点跌倒。他本想拨开人群走过去拉架，双腿却死死钉在原地。他怕她看到，弯腰缩躲在人群中。当他忍不住抬头看看时，他好像看到她正默然凝望着他。透过那些高低起伏的头颅，她的眼睛死死地盯着他，他甚至窥到她眼角那颗玉米粒大小的疤痕在神经质地抖动。

他转身上了楼。

又过几天，他仍没联络她。她也是。她突然从他的视线里彻底消失了。那天华教授请他去海边吃海鲜。华教授喝了很多酒，喝了很多酒的华教授当着他的面号啕大哭。还从来没有成年男人在他面前肆无忌惮地哭过。华教授说，他要滚回老家了。他在老家的专科学校找了教职。他再也受不了这里的生活，混乱，肮脏，盐粒簌落，空气满是咸涩的味道。图什么呢？那天在海边他去拉儿子的手，儿子果断地甩开了，然后冷漠地瞥他一眼……他觉得儿子的那一眼无疑就是天启。上帝在警示他，他必须选条干净圣洁的路，否则等待他的将是一条又一条歧路，走到最后连块墓碑都没有……

他觉得华教授喝多了，完全没必要为儿子辞掉这么好的职位，好歹也是所211大学，回老家岂不是自毁前途？华教授结账后抱着他又是一番痛哭。他只好拍着华教授的肩膀说，放心，日后我肯定去看望你的。明年我的毕业作品拍摄完，还要请你剪片审片呢。

送完华教授，他沿着滨海公路返校。那是条潮湿漫长的路，海浪的咆哮声不停拍打着耳郭。他不禁想起多日前的夜晚，在海边那块巨大的岩石上，他搞了一个小姐。在进入陌生之地前他颤抖着吻了她的身体，一股蜗牛般腥臭的气味弥漫着……这气味让他如何都硬不起来。他们什么都没做。从岩石上手搭手溜达下来时他无比沮丧，强笑着递给她一百块钱。她问他，咋啦？不开心？别怕，小朋友，你只是太紧张了。他支支吾吾地说，今天……是我……二十岁生日。小姐笑着说，靠！多美好的日子啊！然后她从包里掏出五十块钱，说，我给你打五折吧，算是送你的生日礼物。他不要，可她硬塞进他手心，拧了拧他的脸颊，笑嘻嘻地说，祖国的小花朵……

他就是那晚遇到她……如果不是他恰巧口渴，如果不是学校碰巧停电……

回到学校时已十一点，男生楼正喧闹。他在门卫室前站了片刻。值班的是那个五十多岁的宿管。宿管问道，有事吗，同学？

他迟疑半晌才说，那个，那个，我想问下，另一个阿姨，怎么好久不见了？

宿管扶了扶老花镜说，你说的是安秀茹吗？

他才知道她的名字，他竟从来没问过她的名字。是的，他说，安姨去哪儿了？

宿管上下打量着他问，你找她有事吗？

没什么事……他沉吟着说，我和安姨的女儿是高中同学……好久没见她了。

她呀，不在这里做了，走了，宿管说，哎，说走就走了，事先也不打个招呼。

你知道她去哪里了吗?

宿管摇摇头说,我们这些人啊,就是沙滩上的贝壳,谁知道会被海浪冲到哪儿去呢。

他笑了笑。宿管能说出如此富有诗意的话倒着实让他意外。他道了声谢,转身朝楼梯口走去。上楼梯前他忍不住扭头瞥了两眼。那个叫安秀茹的女人正趴在桌子上打着瞌睡,那台京剧脸谱收音机里传出咿咿呀呀的声音。他使劲揉了揉眼睛,宿舍阿姨大抵坐累了,正戴着花镜直着腰板一丝不苟地做着扩胸运动……日后怕是再也见不到她了……想到她大的空洞的眼,想到她古怪的发型,想到她短促的笑容,他的心脏就被瑞士军刀狠狠剜了下,当然,也只是剜了下而已,很快就不疼了。说实话,连他自己都觉得有点……意外。

2014 年

野象小姐

1

我曾经想过跟宁蒙离婚。如果没有记错的话,这是第二次。

"你都闹几天了,还有完没完?"宁蒙慢慢揉着我的肩,"别这样。听我的。"

向来都是他听我的。他手劲更大了。他有双灵巧的手:会煮正宗的韩国大酱汤、会在海礁上钓乌贼、会修进口摩托车、会叠纸鹤、会接烧断的保险丝、会组装淘宝买来的古怪书橱,还会用刻刀在橄榄核上雕菩萨……

我说:"别碰我。"

他不说话了,低头摆弄着手里的樱桃核。他用樱桃核雕了十八罗汉。

我默默走到窗边。楼下是停车场，一位老人被担架从救护车上抬下来，急匆匆奔往门诊；还有个全身用白床单紧裹的人，被号哭着的女人们连拽带揉地塞进一辆红色面包车。他们的身形都那么小、那么扁，仿佛沙漠里被热风吹向天空的沙粒。哪天都有那么多人进来，又有那么多人出去。他们都明白，这里是鬼门关。

"中午想吃啥？"他从后面搂紧我，商量着问道，"清炖乳鸽好吗？"

我转过身看他。这么多年，无论白天黑夜，无论他醒着还是睡着，我曾无数次细细打量过这个同床共枕的男人。他的鼻子还像以前那样挺耸，鼻毛修剪得干净整洁；嘴角微微上翘，那颗土橙色的痣静趴在唇边，像粒干硬的苍蝇屎。除了眼角的两条细浅皱纹，他一点都没老。

"只是随便聊聊的……"他喃喃道，"能有什么狗屁事？"

我盯着他的瞳孔。我一直没有跟他提过，当他说谎时，他的瞳孔就会骤然胀大。

"好了，"他压着嗓门说，"别没事找事。他们回来了。"

我掸掉他试图攀上我肩膀的大手。我什么都不想说。这些日子，我早习惯了仰躺在病床上，目光像夜航飞机的翼灯在黑暗中不停磷闪。房顶上除了几条蜿蜒成玫瑰状的裂缝，什么都没有。有时，我恍惚看到传说中的那个人剪影般贴在屋顶。这个婴孩蜷缩在圣母马利亚的怀里，嘴唇贪婪地伸向她饱满多汁的乳房。

2

他们散步回来了。

他们是我同房的病友，安姐、华妃、翠翠和她的男人臭脚。

安姐照例没说话，蜷在病床上听单田芳的评书。华妃则打开电脑，戴上耳机，目不转睛地看《甄嬛传》。她说已经看过三次。她让我们管她叫"华妃"，而不是教师证上的名字"刘淑芳"。翠翠呢，让臭脚给她按摩，不时发出一两声野猫般的喵叫。

"你儿子很久没来了，"华妃摘掉耳机，愣愣地瞅着安姐说，"该给他打个电话了。"

"他忙，"安姐慢条斯理地说，"在北京混，等于光着屁股滚刀刃。"

华妃叹息一声，转身问我："美人，脸拉得比丝瓜都长，有烦心事？不妨说与姐姐听。"

我跟大多数人一样不怎么喜欢她。"都晌午了，你还没给本宫请安，本宫以为你眼里没哀家呢。"

华妃咯咯地笑。她跟游戏里那只愤怒的小鸟长得一模一样，嘟嘟脸，小噘嘴。"你的头发还没掉，"她说，"不过再做两个疗程，也会变灭绝师太。"她戴着顶假发。假发箍在圆滚滚的头上,像胡乱编织的劣质草帽。她还在"草帽"上插了排熠熠闪光的发簪,说是弟弟从乌鲁木齐的大巴扎买的。

我们四个,前后脚动的手术。化疗时又安排到一个房间。一个疗程六天,出院休养二十天,再到医院化疗……我觉得我们还真是有缘,这是第四次了,还从来没有拆过帮。我觉得她们就是那群既让我讨厌又让我无法厌弃的穷亲戚。

翠翠嫌臭脚按摩时手重。华妃说:"臭脚要把你掐死了,就让野象嫁他,反正她还是黄花闺女。"

翠翠嗲声嗲气地说:"小点声哦华妃。她来了呢。"

野象真的来了。我们听到了她"咚咚"的脚步声。即便在略显嘈杂的楼道,她的脚步声也那么铿锵响亮。我们仿佛看到她那两条肥壮的巨腿正艰难地、迟缓地挪动,水缸般的腰身上,一条条赘肉随着悲壮的步伐前翻后涌。为了让心脏跳得安稳些,她会暂时放下手里的扫帚、簸箕和墩布,在狭窄昏暗的楼道里叉腰站立片刻,然后趿拉着四十四码鞋子的大脚又开始"咚咚"地敲击地板,直到地板发出砖头摩擦毛玻璃般的呜咽。说实话,我还真的从未见过这么胖的女人。我觉得她一只胳膊就能将我举起来扔到月球上。

"把你们的矿泉水空瓶统统给我,"安姐说,"记住,踹扁了再给我。"

我怏怏地说:"宁蒙,怎么这样没眼力见?"

他一直用手机打游戏。他"嘿嘿"地笑了两声,将床底下的塑料空瓶扒拉出来，用手捏扁，这才讨好似的笑着问我："野象来了吗？"

3

野象是医院的清洁工。她好像在这里干了很多年，无论年老还是年轻的医生、护士、护工，包括那些耷拉着嘴角、满面愁容的老病号，没有一个不认识她。她总是套件紧绷着巨乳的蓝色罩衫，走起路来仿佛一头杂技团的慵懒大象。我不晓得她绰号的来历。为何叫野象？而不叫大象、家象？在我印象里，大象是种笨拙温和的动物，像所有的食草动物一样，它们铺满褶皱的眼睛总是让我想起终年卧床不起的肺结核病人。野象除了扫地、拖地板、打扫厕所，还收集空瓶。后一项是医院明令禁止的，她总是神神秘秘地问我们，有矿泉水瓶吗？"矿泉水瓶"四个字从她嘴里吐出时，她灰蒙蒙的眼珠瞬息明亮欢快起来。后来熟了，她连话都不用讲，只是吐着舌头看我们两眼，右手的大拇指和中指伸出，重重地摇一摇，我们就赶快将空瓶偷偷递给她。我们闲得无聊，后来在安姐号召下，都将瓶子直接踩扁，这样就不用野象挪动她沉重的大脚了。"你们真是好人，"她买了个宽甸西瓜送给我们，逼迫我们每人吃了四五块，"以后我就把袋子放在你们屋了。"

她将空瓶都藏进尿素袋。原来她打游击战，今天将袋子放在男厕所,明天将袋子放在女厕所,还曾将那个鼓鼓囊囊、散发着浓烈化肥味儿的袋子悄悄塞进医办室的衣柜。现在好了,她把它踢进安姐的床底。下班前她会扒着门框小声喊:"宁蒙,宁蒙!"宁蒙稍稍一愣,马上以百米冲刺的速度冲到电梯口,从十楼坐到一楼,绕过收发室跑到停车场。野象换完衣服,就将尿素袋从楼上直接扔下。她不去练射击真是可惜了,那个袋子在空中飘游几秒钟后会稳稳落在宁蒙脚边。她搓搓蒲扇般的大手,朝我们挥一挥,瓮声瓮气地说:"再见啊,美女们。"

我们一般都是化疗六天,六天后出院。我们不在时,别的病号肯定不如我们这样心肠软。我感觉她对我们格外亲近。忙完自己的活儿后,通常来我们病房闲聊。她总是倚着门框斜站着,如果护士来量体温,只能从她的胳肢窝下钻进来。她最喜欢跟安姐聊天。安姐脾性好,不像华妃那样老是逗她。

"你为什么不去当举重运动员?"华妃说,"真可惜了这副好身板。"

"我小时候很瘦的,"野象貌似羞赧地舔舔嘴唇,"我那时最想当的是体操运动员。真的,我做梦都想在平衡木上做狼跳和屈体后空翻。"

华妃拉着脸说:"幸亏你没练体操。一跳上去平衡木就塌了。裁判除了给你零分,还要让你赔器材钱。"

"你说的没错,"野象哀伤地说,"像我这样的穷人,还真赔不起。"

"人穷就穷了，志可不能短，"安姐说，"你也就是胖点。可大眼睛双眼皮，也算个漂亮人。你就不能穿件像样的衣服？浑身总是股剩饭的馊味。"

"可不是吗，"野象像在反问我们，"我怎么总是股馊味？真冤枉死我了。我特爱干净，一个月就洗一次澡呢。"

我突然想起，店里的剩货里有条孕妇裙。等下次化疗时顺手带了过来。"哎呀妈呀，真是送我的？"她眨着厚眼皮盯着那条碎花裙，半晌才忧心忡忡地问道，"能……能把我套进去吗？"我说肯定没问题，本来是个很胖的孕妇订购的，可后来她流产了。"太好了，我真喜欢这颜色，一朵朵的喇叭花，喜气洋洋。"我说那不是喇叭花，是郁金香。她咧着大嘴笑了。"我喜欢郁金香。世界上我最喜欢的花儿就是郁金香。"

等她穿着那条布满郁金香的孕妇裙来上班，我们都惊呆了。她做了新发型，浓密的头发像温水泡开的方便面一条条耷拉到肩上，嘴唇是狰狞的猩红，脖子上戴了条贝壳项链，连脚指甲也染成了紫色。

"你谁啊？"华妃说，"世界选美小姐到医院来做公益活动吗？"

野象笑得连隐藏的大金牙都龇出来："真的漂亮吗？"

"那当然，"华妃说，"要生在唐朝，还有杨玉环什么事？"

"就是裙子有点短，"安姐上上下下打量一番，"穿双长筒丝袜，就更耐看了。"

"中午我就去买,"她喜滋滋地说,"华联超市这几天正打折呢。"

我没料到她走过来,一把将我揽怀里。她身上是浓郁的花露水味。"太谢谢你了。"良久她才将我松开。我有些尴尬地瞟着她,她说:"等我有钱了,请你吃牛排。"

那天,医生、护士、病人都像看怪兽般看着她在楼道里拖着两条粗腿晃来晃去。见到熟人都会大声地打着招呼,人家瞥她一眼,她就迫不及待地说,裙子漂亮吧?我妹给我买的。你知道这是什么花吗?郁金香!人家有一搭没一搭地应她一句,她就嘴角喷着吐沫星子问,有空瓶没?有的话给我攒着!

她就是捡空瓶时出事的。

据说那天医院的领导来检查卫生。他们到洗漱间时,发现巨大的白垃圾桶边垂着两条硕腿。走在最前面的是医院的办公室主任,他盯着让他惊讶的粗腿以及箍在屁股上的裙子,半晌没说上话来。后来他上前拍了拍她的腰,野象才缓缓地把头从垃圾桶里伸出,方便面头上粘挂着白菜叶,手里攥着俩空瓶,龇牙咧嘴地问道:"你拍我屁股干吗?"

主任说:"你这样会吓死人的。"

野象愤愤不平地说:"谁家病人这么缺德!把瓶子扔进垃圾桶。扔垃圾桶也算了,还要扔进一堆屎里。"

主任往后倒缩几步,紧紧捂住鼻子问:"瓶子不扔进垃圾桶,难道要从窗户里扔出去?"

野象拍拍胸脯，喘着粗气说："不是有我吗？我就是垃圾女王啊。"

主任问："你收瓶子干吗？"

这倒让野象惊讶了，她用手纸擦拭着污秽的瓶身，慢条斯理地说："卖钱呗。一个瓶子一角钱，二十个能卖两块钱。两块钱，能从超市买五个橘子呢。"当她说完这句话时，她立马后悔了。她才发现，这个戴眼镜的秃头男人背后，还站着脸色铁青的护士长。当然，她还没有意识到问题的严重性。当半个小时后接到解聘通知时，她仿佛才明白是如何一回事。她瘫坐在楼道的角落里不停颤抖，偶有病人从她身边走过，好奇地瞄她两眼，她就朝人家龇牙咧嘴地笑笑，鼻翼两侧的眼泪混淆着灰尘，让她的笑容滑稽又陈旧。她像是马戏团里衰老多病、只得躲在牢笼里吃料草的一头大象。只不过这头大象身上，还裹着那条开满郁金香的孕妇裙。

4

我很长时间没搭理宁蒙了，想离婚也不是无理取闹。上次化疗时我妈一直陪着，我就让他回家了。出院那天我特意炒了几样小菜，开了瓶朋友从澳大利亚带回的红酒。他一个人全喝了。后来他靠着椅背就睡了。他的手机就放在桌边。

我一直后悔看了他的手机。和那个女人的聊天记录淫秽不堪，我看了都脸红心跳。最让我气愤的是，那个女人对我们家了如指掌，我们的住址、儿子的姓名、我的工作单位……她甚至知道宁蒙当年追求我时，曾在我家门口攥着束玫瑰枯坐了整宿。按照宁蒙的说法，他从没见过她，是偶然在网上认识的。

"就是空虚，你不在家，闲极无聊扯淡玩。"

"天边远吗？"

"远。"

"滚天边去吧。"

他老老实实地去睡书房。

我偷偷哭了一宿。我得的是乳腺癌，两个乳房全切除了。说实话，我没想到会这么严重。从拿到切片结果到躺上手术台，只不过隔了三个小时。宁蒙的表舅是这座医院的副院长。本来床位很紧，主治医生又在北京协和医院进修。但表舅一个电话，主治医生就开车从北京跑了回来。当他手里捏着寒光凛凛的手术刀时，迷迷糊糊的我还能感觉到他急促的呼吸声。

而现在，我不得不跟宁蒙妥协："表舅没出差吧？"

他略带惊喜地看着我说："应该没有吧。"

"你给他打个电话，让野象接着上班吧。"

"没问题！"

我看着他走出病房去打电话。我们分居很久了。我曾仔细想过，乳房对于女人的意义，以及对男人的意义。想来想去也想不明白。后来我在医院的一本破杂志上偶然读到一首诗，是个叫巴勃鲁·聂鲁达的智利人写的。他说：你的乳房仿佛洁白的巨大蜗牛／你的腹部睡着一只斑斓的蝴蝶／啊，你这个沉默的姑娘！于是我知道，我的乳房沉默了，我也沉默了。我也知道，对宁蒙来说，他不仅仅是失去了洁白的巨大蜗牛。

"我跟表舅说了，没问题，"宁蒙笑着说，"我们又能看到野象了。"

我们确实又能看到野象了。只不过她现在不敢收集空瓶了。打扫完卫生，她通常蹑手蹑脚地走进我们病房，靠着墙壁跟我们聊天。华妃还是喜欢逗她玩。

"这次真是有惊无险啊。"

"你说我怎么那么笨？专往枪口上撞。护士长前天就警告我，说这几天检查卫生。可我一看到垃圾桶里的瓶子，怎么都忍不住，就想把它拣出来。"

"沾了屎你也捡？"

"在你眼里有屎，在我眼里是钱。"

"你命好，命里有贵人相助。"

"真的吗？"野象讪讪地说，"吓死我了。你说我要真下岗了，到哪儿找份得心应手的工作？胖人没胖福的。"

"可不是吗，"华妃摸摸假发髻上的银簪，"还不谢谢你的救命恩人？"

"救命恩人？"

"是大美女找人给你说情，你才没被开除。"

这样，野象第二次拥抱了我。我没有闪躲，而是任她近乎夸张地勒着我。她硕大的、柔软的乳房顶着我的胸脯，让我的眼眶不禁潮湿起来。

"你是个好人，"她在我耳畔嘀咕道，"哎，为什么好人总是多灾多难？"

从那以后，她到我们病房跑得更勤。当然，她很少空手来。我们很快吃到了野象腌制的萝卜条、爆炒的绝辣海螺丝、新煮的玉米洋芋，以及形形色色从来没有吃过的大餐。比如有次她端了个塑料盒，里面盛着奶嘴般的红色食物。我们的筷子在手里摆弄几个来回，谁都不敢第一个品尝。还是华妃忍不住问："这是什么？"

野象得意地说："保密。你们尝了就知道了。"

我们就更不敢吃了。野象用筷子夹了一块，强行塞进我嘴里："吃吧。这是我从荷花坑早市买的猪乳头。老中医不是说过么，吃啥补啥。"

我们都沉默了。最后安姐说："难得野象有这份心，你们还愣着干嘛？哎哟，味道还真不赖，你们尝尝！尝尝！"华妃瞅我一眼，也夹了一箸子，吧唧吧唧地嚼。安姐说："你慢点吃。还人民教师呢，坐没个坐相，吃没个吃相。"

我们都知道安姐最近心情不好。她儿子快两个月没来医院，电话也极少打。

她的头发也全掉光了。我们病房真成尼姑庵了。

5

安姐儿子终于来了。这是个安静的小伙儿,见人三分笑,个子纤细,有点驼背。医生来时他点头弯腰,说:"您辛苦了,请多关照我妈妈。"护士来时他点头弯腰,说:"您辛苦了,请多关照我妈妈。"野象来时他点头弯腰,说:"您辛苦了,请多关照我妈妈。"野象就问:"你谁啊?"他眯缝着眼说:"您辛苦了,我是安长河。"

安长河手脚勤快,将安姐的桌子擦了,又将我们的桌子全擦了。我们不让他擦,他就尴尬地看着我们笑,我们只好让他用干净的白纱布来来回回蹭着掉皮的破桌面。当他干完这些,他瞅了眼安姐。安姐绷着脸没言语,他就开始擦玻璃窗。我怀疑那几扇玻璃从建院以来就没有擦过。他忙活个把小时,才将玻璃擦得晃人眼。他又哈腰站在那里,望着窗外说:"妈,我明天还要去深圳出差。上午十点的飞机。"

"你有事就回去吧,"安姐说,"千万别耽搁了工作。你现在还是部门副经理吗?"

他扭过头看着安姐,半晌没有说话。

下午他说出去买矿泉水,结果半天没回。安姐有些坐卧不安。华妃说,你呀,一辈子瞎操心,二十多的大小伙子,膀大腰圆,能出什么事?安姐说,你不知道,这孩子胆小如鼠,八岁了看到螳螂还吓得直哭，真随了他那没出息的爸。华妃说，再没出息，人家现在也是北京人，当了部门副经理，出差都坐飞机，你还想怎样？安姐这才有点笑模样，说，他学习确实不错，当年可是咱们市的理科状元。

安长河回来了，窄仄的怀里搂着十来瓶矿泉水。瓶子像金字塔般搭垒得齐整稳当，最上面的瓶口紧紧抵住他的尖下巴。白色衬衣全湿透了，两块肩胛骨突兀地支出来。"我想买些冰镇水，可楼下没有，去了商店，竟比超市贵一毛钱。没想到超市那么远，"他羞怯地笑着，"幸亏我是飞毛腿。"说完他怎么就腾出只手去擦汗，结果在我们的"哎呀"声中，怀里的矿泉水噼里啪啦地全掉下来，有几瓶甚至滚到了门外。

"你个傻子！没出息的傻子！"安姐突然咆哮起来，"我怎么生了你这么个没用的东西！超市的水再便宜，总共便宜不了一块钱！你腿脚再快，有车快吗？你就不会打辆出租?!"

我们都愣住了。我们从来没见过安姐发脾气。她说话向来滴水不漏，做事总是先考虑别人。谁都没敢吭声，全直勾勾盯着安长河。多年后我还会记得当时的情形：安长河突然跪下了。他跪得那么突兀，似乎有双无形的手在他麻秆般的细腰上猛击了一拳。他跪着蹭到安姐床边，将头埋在安姐腿上抽泣着说："妈！我没用！没让您过好日子，还天天惹您生气操心！"他狠狠扇了自己俩耳光，"我是个没用的东西！我是个没用的东西！"

"真是随了那个老不死的！哎，怪谁呢，蛤蟆的儿子不长毛。"

野象不晓得何时进的屋。她张着大嘴看看安姐，又看看安长河，这才迈着粗腿"咚咚咚咚"地挪过去，一只手揪住安长河的衣领，轻轻松松就将他拎起来，摸了摸他头发，盯着安姐说："蛤蟆的儿子不长毛，怎么能怪孩子爸呢？"

"那怪谁呢？"

"怪你呗。"

"怎么就怪我了？我在地毯厂干了三十年，年年是先进工作者！还当过市里的劳动模范！"

野象淡淡地扫我们一眼说："怎么不怪你？你摸摸自己的脑袋就知道了。"

安姐不解地摸了摸头，"扑哧"一下笑出声。我们也都笑了。可不是，她头上可是一根发丝都没有。

"儿子大老远的来看你，摆着张臭脸给谁看？"野象嬉皮笑脸地说，"难道我们还不知道吗，你心里其实美滋滋的。"

安长河是晚上走的。走时他挨个向我们鞠躬，让我们多照顾安姐。那是个伤感的傍晚。窗外的晚霞余光斜射而进，让我们的脸颊都抹了层绯红的光晕。我紧紧攥着宁蒙的手。他粗大的骨节扎疼了我的掌心。

回家时，我让他从书房搬到卧室。那天晚上，我们做了很久。他没有像往常那样亲吻我的乳房，他的糙手只是犹豫着在那里碰了下就果断挪开。我为他的犹豫有点难过。

更让我难过的事，发生在几天后。

宁蒙请了几个哥们到家里吃饭。他和那个女人聊天的事，他们全知晓了，半荤半素地在我面前数落起宁蒙的不是。宁蒙垂着头，一副追悔莫及的神态。他总是忍不住将自己的糗事告诉朋友，仿佛只有如此，才能让他的心里干净。那帮酒鬼早早喝醉，不到八点就散了场。我带着儿子去街上溜达，宁蒙在家里洗碗。等回来时他正在上网，见到我时他的瞳孔忽就胀大了。我说你跟谁聊天呢？他说没什么，有个老顾客问我们还有没有剩货，想抽空挑件衣服。我二话没说将他从椅子上拽起来，"你陪儿子睡觉去吧，"我虎着脸说，"这里没你什么事了。"

他杵我身边，一动不动。

他果然是在跟老顾客聊天。这个顾客我认识，是政府公务员，以前来宁蒙店里买衣服时低眉敛眼的。她丈夫是我们这里最大建筑公司的董事长。他做梦都不会想到，娇小娴静的妻子是如何跟野男人调情的。

"多长时间了？看样子是老情人了。"

"你胡扯什么？人家可是良家妇女。"

"良家妇女？这样，我约她晚上过来。她要是来了，我就杀了你。"

他结巴着说："我，我，我……"

我用宁蒙的口吻继续跟她聊天。我说，你嫂子还在医院化疗，晚上有空过来坐坐？我酱了牛肉，可以喝点日本清酒。女人很快回信，说等我半个小时，我先洗个澡。

我关了电脑。宁蒙坐在阳台上闷闷地吸烟。半个小时后门铃响了。你能想象到她看到我时的表情，嘴张得比河马的嘴还大。"嫂子回来了？我跟宁蒙约好挑几件衣裳，"她反应倒是很快，"你的病如何了？"

我笑着将她请到客厅，然后告诉她，约她出来的不是宁蒙，而是我。她的眼睛就直了，蜷坐在布沙发里，手神经质地揪着丝袜的一根跳线。我说，你没有必要解释什么，我都清楚。怪只怪我生了病，糟钱糟物，他心情不好是难免的。多谢你这段时间陪他说说体己话，让他缓解缓解压力。你看，我头发全掉光了，命不好，可我谁都不怪。

她哽咽着辩解说，他们之间什么都没有。虽然什么都没有，可还是为自己有过这样的想法感到羞愧。她以后不会再跟宁蒙联系了。她希望我不要将这件事告诉她的丈夫。最后她抱住我的肩头小声抽泣起来。

"不会的，"我递给她张湿纸巾，"擦擦眼泪吧。假睫毛都掉果盘里了。"

6

野象问："宁蒙怎么没陪你来？"

我说宁蒙的祖父生病了,他陪床呢。

野象说:"你怎么又瘦了?小脸还没巴掌大。我可得给你好好滋补一下。"

安姐这次没来,据说病情有些恶化,转到北京的医院去了。我们打她的手机,七嘴八舌地抢着跟她讲话。她的声音跟平时一样,淡淡的,说那里环境不错,等出院了就来看我们。还特意叮嘱翠翠不要老欺负臭脚,叮嘱华妃不要总看电视。翠翠呢,照样整天腻着臭脚,如果说臭脚是匹瘦马,那么翠翠就是一只粘在马尾上的果蝇。华妃的《甄嬛传》已经看到第五遍。她换了顶假发。这次假发上戴了朵粉色蔷薇。"漂亮不?"她细细捻着绢布花瓣,"皇后这个歹毒的女人,怎有我这般天香国色?"

宁蒙是两天后来的。我看都没看他一眼。他买了我最爱吃的猕猴桃,剥后小心翼翼地递给我,我没接。他低着头自己吃了。他沉默的样子让我心疼。午饭后他说出去一趟,我没吭声。这时野象来了,她大概刚扫完厕所,满头是汗。我说,野象你有空吗?她瓮声瓮气地说,刚忙完,累劈了。

我从楼上俯瞰着野象穿过停车场,朝医院门口缓缓走过去。我知道她肯定不是个好侦探,对于她的新职业,她似乎也并不热衷,很快我看到她挺着乳房折返回来,在楼下弯弯腰,扭扭屁股,开始做起广播体操。她的广播体操很惹人眼,除了常规动作,她还将一些奇妙的动作糅合进来,比如高抬腿——

如果你看过大象表演，那么我可以说，她的动作比大象还要缓慢优雅；比如龟步，肥胖的双手一前一后地机械戳探，脖颈一伸一缩，同时粗腿弯曲着迈碎步。很快她身旁就聚了群病人指指点点。她这才整理整理衬衫，将露出的肚脐盖好，一点一点朝传达室方向蹭去。等见到她时，她神神秘秘地将我拽到墙角说：

"我跟他走了两条街。"

"他去干吗了？"

"这傻小子，买了火腿肠和啤酒，喝得有滋有味。"

我点点头。她又说："宁蒙这傻小子，你有什么不放心的？"

宁蒙是下午回来的。回来也没如何说话，分给臭脚一支香烟，两个人躲到阳台上去吸。

他们都睡着了，只有我睁着眼死盯着屋顶。房顶除了几条蜿蜒成玫瑰状的裂缝，什么都没有。我以前常常恍惚看到传说中的那个无所不能的人剪影般贴在上面，他蜷缩在马利亚的怀里，嘴唇贪婪地伸向她的乳房。而现在我什么都看不到了。我瞅瞅睡在简易床上的宁蒙，他的呼吸均匀安稳。我蹑手蹑脚地将毯子盖在他身上，这时有人拍了拍我的肩膀。

是野象。她压着嗓门说："跟我出来一趟。"

我狐疑地跟她出了病房。深夜的楼道里一个人都没有，但是我知道，肯定有无数的幽灵在这里飘荡徘徊。他们都是不甘心的灵魂。在医办室的电子秤前,她停住了脚步。

"看好了,我到底有多沉,"她眨了眨厚眼皮悄悄地说,"我要表演魔术了。"

"我眼睛又不近视,"我撇着嘴说,"一百零五公斤。"

她说:"过两分钟后你再瞅瞅,我到底有多沉。"

值班的医生趴在桌上睡了,墙上的钟滴答滴答地挥着表针。她轻轻咳嗽了一声,我又瞅了瞅电子秤,说:"一百零二点五公斤。"我有点不相信似的看了看她,又看了看秤:"你捣什么鬼?"

"我才没捣鬼。这是我的秘密,"她神秘兮兮地说,"小时候偶然发现的。"

我搀扶着她从电子秤上迈下来。她说:"你知道那五斤称的重量跑哪儿去了吗?"

我摇摇头。她说:"那五斤,就是魂儿的重量。"

我哑然失笑。她翕动着硕大的鼻孔说:"真的。我什么都不想的时候,就是魂灵出窍的时候,体重就减轻五斤。"

我说:"胡扯。电视上说,人的灵魂是二十一克。"

"不管是五斤还是二十一克,说明人除了这身肉,还有点别的。"

"那倒没错。"我恍惚地看着她。

"也许,那点别的更重要。这身肉死了,烧了,变灰了,可魂儿还在。也许它一直待在墓地里,也许它随着风到处乱飘。知道不？那些郁郁寡欢的人，就是死后魂儿也整天绷着脸，不受待见；那些快活的人，死了也是快活的，它跳来跳去，在电线杆上跟麻雀唠嗑，在野地里跟田鼠抢麦穗，在马背上跟跳蚤讨论下届的美国总统是谁。"

我只是傻笑。笼罩在光晕下的庞大躯体仿佛不再是那个为了空瓶锱铢必较的人，而是一位肃穆着布道的牧师。她的眼睛那么亮，仿佛有小小的火焰在瞳孔里燃烧。

她又说："你不要整天攒着眉，人人欠了你五百吊似的。你运气够好了，虽然是乳腺癌，却是早期。安姐那样才闹心，本来是良性，没想到癌细胞转移了。"

我盯着她重又灰蒙蒙的眼珠，不晓得说什么好。我知道她这是逗我开心。可是我怎么开心得起来？"我没事，我挺好，"我垂着眼睑说，"也许是化疗后遗症，整天疑神疑鬼。"

"你明白就好，"她舔舔厚嘴唇，"不过我得纠正你，人的魂儿不是二十一克，而是五斤。"

"好吧，"我笑着说，"你体重比我沉，魂儿也比我沉。"

回到病房，宁蒙正轻声轻语地接电话。我说谁啊？这么晚了还骚扰别人。他怯怯地瞥我一眼连忙掐掉。我说，把手机拿过来给我看看。他犹豫了片刻。我走上前一把抢过手机。他愣了会儿，然后嘴里嘟囔着推了我一把。我根本没想到他会动手，趔趄着跌到床边。他慌里慌张地跨过酣睡的臭脚来揉我。我顺势从他手里抢过手机，狠狠朝墙上摔去。

手机破碎的声音在夜里那么响。华妃先醒了,她摸摸头上的蔷薇一惊一乍地问道:"我的妈呀,氧气瓶爆炸了,还是地震了?"

宁蒙低头走出了病房。他没有再回来。如果他在街上冻死了,那么,就让他死吧。

7

"你们这些年轻人,总是为了屁大点的事动肝火,"第二天中午了,华妃还在唠叨我,"他容易吗?在家里哄孩子,在医院哄你。你就不能让他省点心?"

野象给我带了罐蒜末海带丝,她说滴了好些香油,最是下饭。然后试探着问:"晚上……我请你看演出吧?"我问什么演出?她支支吾吾起来。我看着她扭捏的神态忍不住笑了。她两眼放着光问:"你答应了?太好了!晚上七点半,我在医院门口等你。记得打扮得漂亮点。"

我没怎么打扮,精心打扮的是华妃。她穿了件华美的旗袍。旗袍有点皱,让她欷歔地站在秋风里时老忍不住用指甲蘸着吐沫抹一抹,再拽着布料抻一抻。我很好奇她的乳房为何那般高耸圆润,却没好意思问。"你说,她会不会请我们看歌剧?收音机里说,今晚燕山剧院有黑山歌剧团的《塞维利亚的理发师》。"但她马上把自己否定了。"野象那么小气,"她用唇膏狠狠地刮弄着嘴唇，"最大的可能就是请我们看场二人转。哎，她向来既俗气又没品，毕竟只是个清洁工。"

本来翠翠也要带臭脚来，后来华妃对她耳语一番，她才嘟囔着留在病房。见到华妃时，野象有点吃惊，不过也没多问。华妃倒是拉着长音说："要是看二人转，我这旗袍就白穿了。"

野象闷头闷头地乜斜她一眼说："穿着旗袍去泡迪厅，我还是头一次看到呢。"

说实话我没想到野象会带我们去迪厅。这辈子我去迪厅的次数屈指可数。估计华妃也是如此。在门口检包盖荧光印章时，华妃出了点意外。她死活不肯让保安保管那把陈旧的瑞士军刀。后来我和野象不得不将她揪到一旁。"这把瑞士军刀是我前夫送的，我一直带身边，要是保安弄丢了怎么办？"华妃噘着嘴说，"没准他们看着好，自己就私藏了。"我跟野象好说歹说，她才恋恋不舍地把军刀递给保安，又逼着人家打了一张欠条。

里面的人真多啊。野象给我跟华妃找了两个座位，又给我们点了饮料，然后悄悄离开了。华妃坐在高凳上，不时抻拽着旗袍袖口。谁也不会料到，我们是两个没有乳房的女人。

"太吵了，"华妃说，"简直比学生出操还吵。这些都是什么人呢。"

"像我们一样的人。"

"我就知道，这笨女人根本不会把我们带到什么好地方。"

"我挺喜欢这儿的。"

"喜欢个屁。一群乌合之众。"

野象很久没回来。我跟华妃就傻傻地盯着那群跳舞的男人和女人,以及分不清是男是女的人。"你想喝啤酒吗?"华妃问,"我以前一斤老白干不在话下。"我说这里的酒很贵。她不屑地瞥我一眼:"瞧你那小家子气。"

我们就喝起了啤酒。我很久没喝了。我记得以前感觉没意思了,就跟宁蒙在家里喝酒。他喝不过我。想到宁蒙时,我的酒就喝不下去了。

"我的乳房漂亮吗?"华妃嬉笑着问,"是不是很性感?"

"我一直没好意思问,你戴了什么玩意?"

她说:"你不知道吗,医院食堂的白面馒头,蒸得又圆又大又软。哎,我真是皓腕高抬身宛转、销魂双乳耸罗衣啊。"

我们在那里有一搭没一搭地瞎聊着,场子的灯光忽暗下来,人群也静下,然后光柱尾随着音乐摇摆到一根钢管上。我们的下巴都快掉下来了。那根明晃晃的金属钢管旁,站着一位超级肥胖的女人。她有头蓬松的栗色头发,一张宽阔猩红的嘴巴以及两只大力水手才有的臂膀。她身上裹着件镶嵌着无数金属箔片的黑纱衣,站在那里,仿佛美艳的菲律宾女佣。

"她她……是野野象吗?"啤酒沫沿着华妃的嘴角喷出来,"她疯了吗?"

"是她，"我抚着胸口说，"我们最好先溜到那边，防止她从台上跌下来。"

可我们都没动。我们看着野象随着音乐开始扭动她肥硕的臀部，看着野象绕着明晃晃的钢管风姿绰约地抛媚眼、抖乳房，间或微微抬起她大象般的前腿。她或许以为她还是个七八岁的小姑娘，在平衡木上做狼跳或霍尔金娜后空翻？当我看着她双手艰难地握住钢管，左腿直立，右腿抬高，形成九十度角时，我的心脏都要跳出来了。

"厉害啊，"华妃咂摸着嘴说，"我们给她加油吧！野象野象！宇宙最棒！"

我就跟她扯着嗓子喊起来。可我们的声音太小了，很快就被全场疯了般的口哨声、掌声和歇斯底里的尖叫声淹没。如果没记错，野象的最后一个动作是双手托住乳房，双腿来了一个一百八十度劈叉。我一直没想明白她为何不双手撑地，好让粗圆的膝关节有个更稳妥的支点。当她面色潮红地站起来时，我看到她的黑纱衣被撕扯开一角。她缓缓地从舞台上走下来时，有人伸手去摸裸露出的大腿。她浑不在乎，在明灭的霓虹灯下，穿过涌动的人群朝我和华妃一点一点挤蹭过来。

"一晚上四百块钱，"野象得意地喝着啤酒，"我可是这里最受欢迎的舞者。"

我跟华妃不约而同地点点头。

"开心吗，大美人？"她的鼻孔还剧烈喷着热气，"没想到妹妹有这一手吧？这个迪厅的老板邀请了我三次，我才赏脸光临呢。"

我敬了她一大杯喜力。我确实很开心，却也无比难过。我突然想起她说的那个灵魂，那个随着野风流浪、在马背上跟跳蚤聊天、或许重达五斤的灵魂。

8.

对于那天晚上的迪厅之行，我跟华妃都保持了沉默。翠翠一个劲地盘问我们到底看了什么精彩演出，后来华妃撇着嘴说："无聊得很，就是赵本山的徒子徒孙们演黄色二人转。"

野象见到我时，杵着墩布羞涩地笑了。我朝她伸出大拇指，她咧着大嘴扒拉掉我的手，瓮声瓮气地说："记得下次给小费哦。"

可是一个人时，我仍然会想起宁蒙。我母亲打电话说，你怎么让宁蒙先回来了？一个人在医院能行吗？要不我下午就过去？我说不用了，这里有很多姐妹，还是让宁蒙在家好好照顾孩子吧，再说这是最后一次化疗，两天后就彻底出院了。母亲叹了口气，什么都没说。

医生说我恢复得很好，回家后静养就行，以后定期检查。华妃也要回县城了，那件旗袍她穿了好几天才肯脱下来。翠翠就更高兴，他们家的栗子今年收成不错，她还极力邀请我们明年春天去山上看栗子花，据说万里飘香。我们还约定，以后有空了互相串串门，毕竟住院住出来的好姊妹，是同患过难的。可我也清楚，只是说说而已。那天我看报纸，那个总是戴着墨镜的香港导演在接受记者采访时说，我们常遇到些人，他们在特定的时空出现在我们的生命里，让我们记忆深刻，然后他们就消失了，这辈子再也见不到。他说的没错。

出院的前一天晚上，野象说请我吃牛排。那家餐厅我知道，是快餐厅，以物美价廉著称。我在那里坐了良久，她才气喘吁吁地从门口进来。让我惊讶的是，除了她自己，还有个男孩。那个男孩坐在轮椅上，远远地就朝我招手。

"叫阿姨，"野象对孩子说，"阿姨是医院里的菩萨呢。"

男孩只歪着头笑，嘴角不时流出涎水。野象掏出手绢麻利地擦掉，这才跟我对面对坐下。

"这是谁家的孩子？"我忍不住悄声问，"他得的什么病？"

野象好像并没有听到，而是继续挺着腰板、耸着巨乳、有板有眼地点餐。等服务员离开，她才小声说道："他生下来时难产，结果头部受损，得了脑瘫。除了不会走路，他什么都懂。乖乖，给阿姨背首唐诗。"

男孩抬起下颌，将小手老老实实地背到身后，开始有板有眼地背诵起《静夜思》。他大抵背过很多遍了。背完后他佝偻着掌心定定地瞅着我。野象赶紧往他手心里塞了粒奶糖。

"是你亲戚家的孩子吗?"

"不是,"她久久地盯着我,"他是我儿子。"

我一时不晓得说什么才好。据我所知她还没有结婚。我斟酌着问:"孩子的……父亲呢?"

她灰蒙蒙的眼珠更暗了。"他没有父亲,"她的牙齿咬噬着厚厚的嘴唇再次重复了一遍,"他没有父亲。"

她只是说了这么一句,就扭头去给孩子擦涎水。我思忖半晌方才嗫嚅着说:"认识你这么长时间,野象野象地叫你,也不知道你到底叫什么名字。"

她"嘿嘿"地笑了,"我姓鲁,我叫鲁叶香。你叫我叶香就好了,"她有些羞涩地说,"我还没结婚,叫叶香小姐也成。"

孩子能自己吃牛排。他用刀叉有条不紊地切割着牛排,仿佛是个技艺精湛的厨师。"我常带他来,"野象目视着孩子说,"为了他,我什么苦都吃过……"

那是顿难忘的晚餐,野象和她的儿子总共点了四盘七分熟的牛排、两份水果披萨和六个冰激凌。她本来还想点一瓶红酒,可是被我拒绝了。她也就没再坚持。她儿子饭量委实不小,她时不时地抚摸着他焦黄稀疏的头发,犹如一头疲惫的母象爱抚着一只羸弱的、永远只能坐卧的小象。他的眼睛和她一样大,只不过瞳孔亮晶晶的。

这是我最后一次见到野象。宁蒙早晨来医院接我时,野象还没有上班。已经是秋天了,我在家一心一意拆洗衣物棉被,然后将阳台晒得满满的，连阳光都射不进来。我曾经接过华妃的电话，她说她去上班了，如果再见不到那些可爱的孩子，她肯定会得抑郁症。快立冬时，我还接到了安长河的电话，他吞吞吐吐地说，安姐已经过世了，过世前她给我们病友每人留了份礼物，等有空了，他会专程开车送过来……我握着手机，一个字都说不出来，只是眼泪流个不停。我已经很多年没流过眼泪了。

我跟宁蒙还是老样子，整天说不上句话。他开始接些活计，专门给人雕刻佛珠，或者将檀木手串卖给摩托车俱乐部的哥们。尽管报酬并不丰厚，总比游手好闲强些。有天晚上他的左手不慎被刻刀割破，血流满了手背，我慌忙着翻找云南白药和纱布，帮他细细包扎起来。当系好最后一个丝扣，他突然用右臂抱住我的腰，喘息着将我硬生生地按到沙发上。他的力气还是那么大，让我不禁眩晕起来……当他的嘴唇犹豫着亲吻上我扁平的胸部时，我只是漫不经心地摩挲着他短短的头发。灯还亮着，我茫然地盯着屋顶。屋顶上有条裂璺。我仿佛又看到那个无所不能的人。他还是个孩子的模样，蜷缩在马利亚的怀里，满脸的焦灼不安。

等宁蒙睡下，我简单冲了个澡，坐在沙发上看电视。我很少看电视。可是那天我拨到市台的广告频道时，再也没有换台。那是一则不停滚动播放的痛风广告。一个花枝招展的胖女人对着镜头傻乎乎地说：

我得痛风三年了，双膝疼痛、僵硬、肿胀积水，蹲不下去，站不起来，上下楼还得斜着身子走，每个月要靠输液和吃药控制病情。由于病情恶化，医生建议我置换关节，在这焦急绝望之时，一次偶然的机会，丈夫在台湾的联谊会上通过战友知道了蚁王痛风舒胶囊……

接下去，无非是通过吃胶囊痛风得到根治。为了验证医疗效果，女人还扭起了东北大秧歌。她的四肢如此庞大笨重，舞动起来犹如一头灰扑扑的大象在音乐声中滑稽地起舞。舞着舞着她忍不住咧开大嘴笑了一下。

说实话，那是我漫长、卑微、琐碎的一生中看到过的最动人的笑容。

2013 年 9 月 15 日

人人都应该有一口漂亮的牙齿

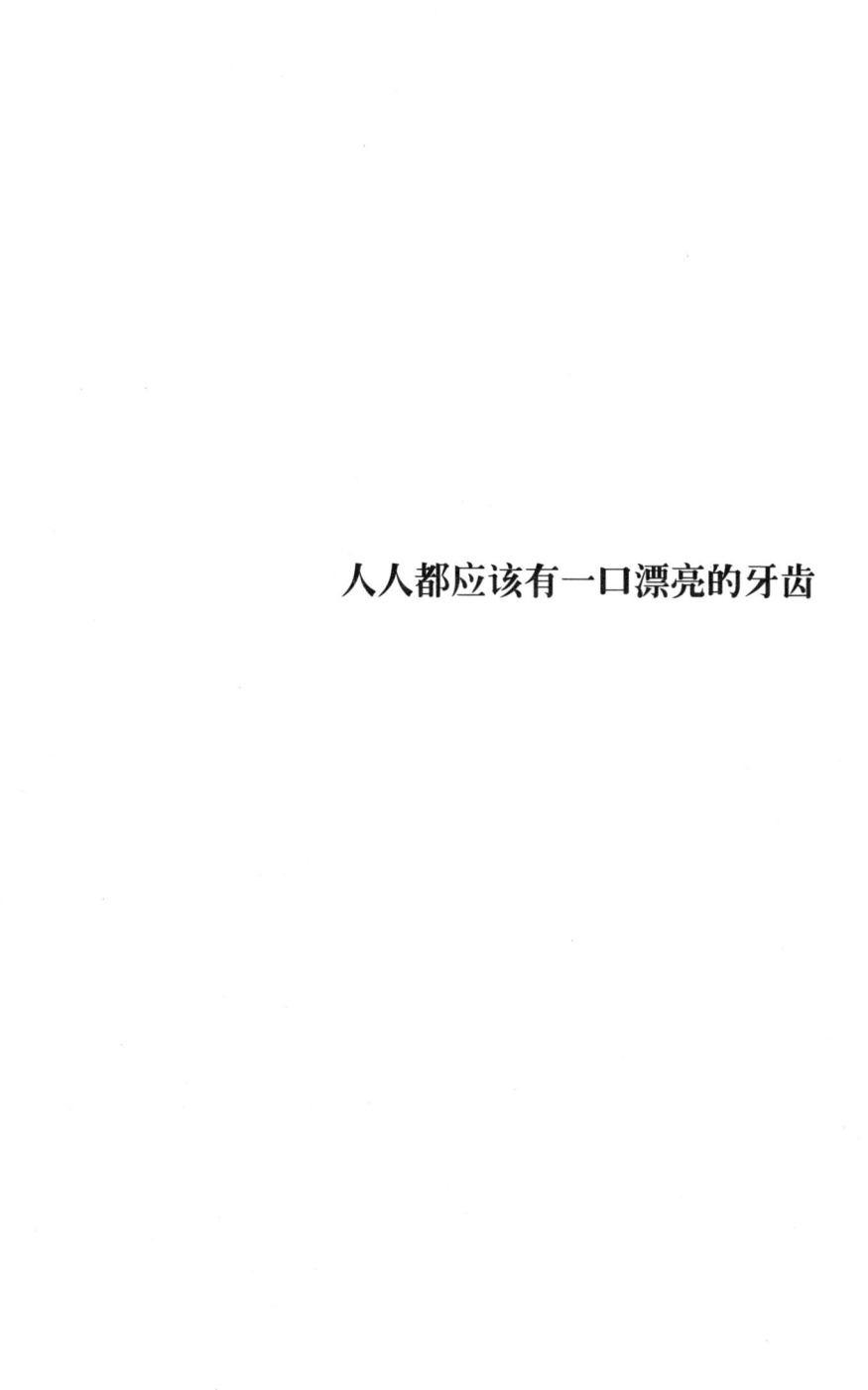

一天晚上，三个人走着回家。其中一个说，真冷啊，不如我们去吃消夜吧，暖和暖和。另外两个没吭声。提议的人见没有动静，就说，巫山烤鱼、绝辣小龙虾、麻辣香锅、鸭血粉丝汤、潮汕涮牛肉、铜锅羊蝎子或者新疆红柳烤串，再来瓶红星二锅头，天哪，光是想想就过瘾。她说话之前，可能隐约预感到将会冷场或被婉拒，因而底气不足，腔调不免显得疲弱，甚至有丝冷清的温柔。另外两人中的一个，不妨称之为男1吧，没想到接茬道，也好也好，说实话，我根本没吃饱，光顾着喝酒了。说完男1和她都忍不住去看剩下的那个人——只好叫他男2了。男2龇着牙说，整就整呗，谁怕谁啊？

她笑了，说，听口气你挺能喝啊？男2竖起大拇指说，不是哥们吹牛，想当年在铁西区，我喝倒过三个酒罐子，一个把屎尿都拉裤裆里了。她转过头凝望着他，说，真的？男2说，啥真的假的，待会试试不就知道了！她又去看男1。男1把烟头掐灭，眯眼看她。男1眼小，眯起来时似乎单剩下眼睫毛了。她说，瞧，那不就是家烤肉店吗？哇，我最喜欢吃爆烤大鱿鱼了！男2说，都是福尔马林泡的，有啥吃头，要吃就吃鲜羊腰鲜羊宝鲜羊眼，一嘴下去，血都噗嗤噗嗤流出来，那才过瘾。她捂着嘴笑。只捂着嘴笑，又不说话，就表明她的确是有些害羞了。

他们找了个靠近落地窗的位置。是男1选的，他说这个角落最亮堂，又能看到窗外风景。男2没说话，不过男1似乎知道他想说什么，是不是觉得我特矫情？他看着男2。男2一愣，说，整啥呢大哥，别婆婆妈妈的，点菜吧！

他们没点小龙虾，没点肥羊腰，而是点了条梭边鱼。也忘了谁点的菜，反正端上来时红艳焦酥，鱼背铺了千层椒，鱼身下煨着黄豆芽、芹菜丁、紫甘蓝、春笋干、金针菇和咸豆皮。这才有冬天的样儿，她愣愣地瞅着氤氲的热气说，整个冬天都没吃过像样的饭呢。说完她瞥了男1和男2两眼，我以前老不明白，北京的这些年轻人为什么都喜欢吃川菜湘菜。冬天这么干燥，身体像草纸一擦就点着了，现在是明白了……男2问，明白啥？她慢悠悠地夹了一筷子鱼肚，说，吃完你就懂了。男2说，我很少吃辣，我一直觉得，天下最好吃的东西，不外乎"东北三炖"。她问，咦，哪"三炖"？男2掰着手指说，能有啥，血肠炖酸菜、西红柿炖肥肠、猪肉炖粉条呗。

从烤鱼上来起男1就没说过话。本来倒了一口杯二锅头，也没见怎么浅。只皱着眉头，右手托着腮帮。男2问他，咋了哥们？想到啥不省心的事了？跟咱唠唠？男1朝他摆摆手，仍是副不耐烦的模样。她就问道，是不是牙疼了？男1猛地点点头，眼里满是感激神色。这神色似乎鼓舞了她。牙疼是怎么个疼法，她说，只有深夜里痛哭过的人，才真正晓得。说完她伸手触了触他的头发。他的头发有些扎手，仿佛刚落树的栗子。

他端起酒杯，笑了笑，笑也是歪的。没错，他吸溜着牙齿说，疼得让人感觉连人生都没了意义。可能他对自己用了"人生""意义"这些词颇感意外，讪讪地喝了口酒。酒似乎也滞留在齿间，让他的半边脸都僵硬狭促起来。她轻声问道，去医院看过没？蛀牙还是智齿？吃药了吗？哎，不过，吃药也是白吃。

来几颗花椒，服务员！男2扯着嗓子嚷道，麻溜点！服务员大抵被这嗓门惊到，忙不迭地小跑着走开。顷刻用勺子扎了几粒过来。男2低头瞅了瞅说，咋都这小？没大粒花椒吗？服务员不语。男2将花椒递给男1说，哪儿疼用哪儿咬着，别老吸气，别老说话，咬上几分钟就好了。土法子，管用着呢！

男1犹犹豫豫地接过花椒，塞进嘴里，看着她和男2。店里本来人就稀少，此时便显得格外静。他们似乎能听到男1急促的呼吸声。她问道，好点没有？男1没有点头，也没有摇头。男2说，老灵验了，我奶牙疼，疼得用头撞墙，一个老中医给了这个偏方，才安稳了。话说是偏方，可也是有来处的。《神农本草经》上都有记载呢。知道不？花椒味辛、性温，主治邪气，除寒痹，还能坚齿明目。如果再喝口白酒，见效更快！好点没兄弟？男1没吭声，喝了口白酒，强笑着看男2，说，你喝酒的套路还挺深。

男2撇了撇嘴说，咋这么说话呢兄弟？啥套路啊，不都是为了你嘛。还有个法子，你也试试。左边牙疼，找右手的合谷穴，使劲掐几分钟就行。知道合谷穴在哪儿不？喏，就在大拇指和食指中间，离虎口边二三厘米。说完他举起双手示范了一下。如果是右边牙疼，就掐左手。他盯着男1问，是不是好多了？也就是你，别人要这个偏方我可是收费的。

她扑哧声笑了。男2长得极瘦，头发看样子几天没洗，眼睛有点斜视，眼镜的镜片碎掉了也不换，跟他凸出的两颗大门牙倒是般配。羽绒服脏兮兮的，若是细细查看，领子油腻，胸前还破了几处，明显是被钉子或利器勾划开，鸭绒毛都钻了出来。这样一个人，说话声该是柔和的、慢条斯理的、慵懒的，不承想却是铜锅爆炒豆子般。她忍不住跟他碰了杯酒。男2一大口下去，一拇也有了。就问，你到底能喝多少？男2乜斜着她说，酒再能喝，也算不得好汉。要是再逞强撒个酒疯啥的，就更被人瞧不起。酒这玩意，说白了就是个助兴的，类似软性毒品，是不大姐？

她一愣，不明白为何跟她叫大姐。自己很老吗？难道比他还老？这时男1说道，喂，你们瞧，下雪了。他声音轻柔，他们还是不禁将脖颈甩向窗外。整个冬天，北京也没下一场像模像样的雪，倒是雾霾整日罩着。尽管戴口罩上班，她还是感觉到那些肉眼看不到的颗粒透过口罩弥漫进她的鼻腔，然后顺着咽喉沉淀到肺部。有段时间，她老是咳嗽，尤其是深夜，响亮的咳嗽声简直遮盖住了野猫的叫声。她老想去医院拍个胸片，可一想到那些比蚂蚁还密集的病号，往往就先胆怯。她想，肺叶跟自己一起慢慢地衰老、死亡，其实也没什么可遗憾的。

窗外的雪很小，零零碎碎。男1说，终于下雪了。明天终于可以去故宫拍雪景了！来，我们走一个！说完先将杯中酒干掉。他的牙齿似乎已经不疼了，她想，他牙齿间的花椒粒肯定也被酒精冲到了胃里。男2说，干就干！谁怕谁啊！一抬手也把酒给揪了。她犹豫了片刻，喝了一半，说，高兴归高兴，这酒我是不能干掉的。男2问，为啥？她说，我酒量不好，喝醉了，你们谁背我回家啊？不如这样，我给你们讲个关于牙齿的故事，就当我把剩下的酒给喝了。

男1说，这主意不错，我同意。她瞅了男1一眼。男1眯缝着眼睛也在瞅她。她朝他扬了扬眉梢。这个动作似乎有点突兀，可并不显得轻佻。男1说，人说汉书下酒，今天我们就牙齿下酒。男2径自又倒了满杯，倒完后大约怕人说他贪杯，又忙给男1斟满。他们俩，男1和男2，都肃穆地盯着她。

她说，好吧，这个故事是关于我祖母的。她是北方人，虽是北方人，却没用奶奶、嬢嬢或者婆婆这样的称呼，而是用了"祖母"这个词，似乎唯有如此称谓，才能让她的讲述显得庄重雅肃。她说，我祖母只有父亲一个儿子，父亲早年当兵，后来转业到地方当公务员。父亲一直孝顺，祖母六十六岁那年，牙齿都掉光了，父亲便把祖母拉到县医院，配了副假牙。那时候父亲一个月的工资不过百十块钱，这副假牙就花了八十块。父亲一点不心疼，他拉着祖母的手说，以后你就又能过上好日子了，有什么能比有副好牙齿更幸福的事情呢？

于是，祖母便有了幸福的假牙。可是，那副假牙她只戴了一天就偷偷摘掉了。她觉得这副牙齿太昂贵了，如果整日里戴着，不仅要咀嚼大米小米、谷子高粱、花生红薯，还要咀嚼黄豆、绿豆、蚕豆、野枣跟核桃，逢年过节了，还要咀嚼猪排、羊排、牛肉和鱼刺，就是老鼠的牙齿也禁不住如此折腾，何况是副洁白的瓷牙？除非父亲在场，吃饭的时候她从来没有戴过假牙。可这并没有妨碍她的好胃口。一日三餐，她就用她的牙龈喝粥吃馒头，嚼茄子豆角辣椒和白菜，即便是嘴馋了吃核桃，她也用牙龈直接啃。那副假牙呢？那副假牙被她藏在柜子上的搪瓷缸里，闲来无事了，她把它攥在手心里不停地摩挲。她喜欢手指抚摸瓷牙的感觉。那些牙齿如此光滑、细腻，像是婴儿娇嫩干爽的皮肤。她最喜欢的是那两颗门牙，坚硬顺滑，仿佛一口能咬断牦牛的脊骨。后来临睡前，她也将那副假牙放置于枕边，拇指食指有一搭无一搭地蹭着，像是老尼深夜里盘着心爱的佛珠。也许，祖母真的将这些排列齐整、摸起来凉滑的牙齿当成手串或挂链了。那些年，哦，应该是那三十年，祖母一直用牙龈咀嚼食物和药物，那副假牙，变成了她最珍贵的玩物。你能想象吗？后来她的牙龈也都变成了牙齿的样子，红色的肉和神经下垂，像是古怪的赘物，咬起老黄瓜或者脆骨来，倒比牙齿还要干脆利落。

九十六岁那年，祖母身板一直都还硬朗。有一天，是冬天吧，她突然发觉那副假牙不见了。开始并没在意，以为落在灶台或者炕沿下，寻了三两天仍是没有下落，这才有些着急，钻蜥蜴蛐窟窿倒耗子洞，连厕所都翻遍了，仍是没有找到。隔不几天，她就躺在炕上不能动了，饭菜咽不下，药也不肯吃。父亲找了最好的医生来家里看，只说受些风寒并无大碍。不承想半月未足，就离世了。咽气前方才拉着父亲的手说，她的假牙丢了，肯定是阎王派牛头马面将她的牙齿偷走了。阎王嫌她活得太久长，就偷了她的假牙。父亲一直哭。父亲也快八十岁了，牙也全掉光了。他安慰祖母说，你就别骗我了，我老早就知道你从来没戴过那副假牙。没有它，你不照样吃香的喝辣的、照样活得比谁都滋润吗？祖母说，你个傻小子，什么都不懂……什么都不懂……将头扭向墙壁，叹息了声，再也没有醒过来。

她一口气说了这么多，仿佛有些疲乏，夹了块春笋慢慢地嚼，嚼着嚼着脸上似乎才有了光泽。男2愣愣地问道，然后呢？她说什么然后？男2说，这就是你要讲的故事吗？她说是啊。男2似乎有些失望，半晌才说，那你奶的牙齿到底丢哪疙瘩了？她说，你问我，我问谁呢？反正祖母下葬那天，父亲又买了副假牙，放进棺木里。他可不希望祖母在另外一个世界，连一颗牙齿都没有，哪怕是颗假牙。

男2挠了挠头，目光转向窗外，说，你这故事神叨叨的，我也没听懂。既然说到牙齿，那么，我也给你们讲个关于牙齿的故事吧。

她说好呀好呀，我感觉你是个特别会讲故事的人呢。他嘿嘿地笑了两声说，咱是实在人，不会拽词，讲完了你们可别笑话我。这时男1说话了。他很久没有说话了。她在讲故事时他只是托着腮帮，木木地看着锅里的金针菇被小火翻滚上来。他说，你讲吧，讲完了我也讲一个。这么冷的天气，锅是热的，雪是新的，故事是没听过的，好。

男2没有接茬，径自说道，你们好好瞅瞅我，发现我哪里有不一样的地方没有？说完他转动头颅，先是朝左，后是朝右，然后脑门朝天，再是下颌朝地，末了，龇牙咧嘴地目视着她和男1。

她和男1委实没瞧出什么异样之处。他颇为得意地摇了摇头，没瞅出来吧！他敲敲自己的两颗门牙说，这俩牙是假的！假的！烤瓷的！

我要讲的就跟这两颗假门牙有关。那年初冬我进了剧组。在这之前，我刚摔掉了两颗门牙。咋摔的？老倒霉了！晚上喝酒回家，走着走着走到了下水道井盖上。妈的，井盖是半掩的，我只觉得脚下一空，身子猛然一坠。幸亏老子打小就练跆拳道，四肢灵活，往下沉的瞬间我下意识地张开大嘴，想要咬住点啥东西。没错！你们猜得没错！我用牙齿咬到了井盖的边儿，当然，也只是咬了一口而已，随后就他妈的落进了下水道。真是两眼一抹黑，英雄无用武之地啊。幸亏有好心人路过，把我拽上来。我那时完全懵了，直接打车到了医院。检查完了，只是掉了两颗门牙，脸浮肿得跟井盖那么圆。躺了几天就出院了，医生建议我到牙医专科去镶牙，我打听了下，死贵死贵，种一颗牙要两万块钱，平常的烤瓷也得五六千，就有些犯寻思。这时恰好有个导演朋友让我去给他当助理。镶牙也来不及了，就这么着，一个没有门牙的人来到了海边。

这朋友本身就是个腕儿，演了很多电影电视剧，可他老揣着导演梦，这次从网站搞了些钱，要拍部文艺片。文艺片成本小，剧组也就百十号人。第一次拍片，朋友贼他妈卖命，他一卖命，别人就得卖双倍的命。那天在海边拍武戏。刚下过雪，零下十度，武行现从北京调过来，晚上十点才下高铁。一个镜头拍了二十遍才过，这时都快凌晨一点了。冷透了逼的，我穿了两件毛衣，外面还套了羽绒服。有个化妆师，却穿着条呢裙，时不时哆哆嗦嗦地给男主角补妆。我当时想，傻逼，臭美啥，冻成冰棍了吧。完事了她就钻进一辆大巴。为了省钱，大巴也没开暖风。我老觉得不落忍，就过去问她，要不要穿我的羽绒服？车里黑漆火燎，估计她也没认出我是谁，只使劲摇头，说不怎么冷。一听她说话的声音就是南方人。也只有南方人才敢穿条呢裙来海边拍戏吧。我也没说啥，继续忙活我的。心里想，这就是典型的死要面子活受罪，好心当成驴肝肺。

第二天中午，正吃盒饭，走过来一女的，问我吃不吃水果。我一瞅，不就是昨晚那个差点被冻死的化妆师吗？这天太阳好，明晃晃的，我仔细瞅她。长得不赖，瘦，胸大，就是腿有点短。我就说，我是肉食动物。我说话的时候她明显一愣。我想她可能看到我的牙了。如果不是，她为啥要笑呢？捂嘴笑，皱纹也不少。我说笑屁啊，没见过说话漏风的人吗？她还是笑，说，这是莲雾，你尝尝。我是头次听到这种水果的名字。就拿了个，歪着嘴用槽牙啃。她也没说啥别的，靠墙喝咖啡。我问你叫啥啊？她说，我叫若彤。她说话的声音好听，尤其是白天，感觉耳朵都酥了。

戏拍得紧，常常凌晨一两点才收工，清晨七八点又要赶赴拍摄地。有天拍室内戏，收工早，回到酒店死狗似的睡着了。睡得正香时有人敲门。开了门，却是她。她说，我们化妆组要去吃消夜，你去不去？我迷迷糊糊地点点头。等去了有点后悔，他们四个娘们一个爷们，都不喝酒，就是饿死鬼似的猛吃肉。她就说，你好像很喜欢喝酒的样子。我说咋啦，男人不喝酒不抽烟不赌钱，活着还有屌意思？她让店家拿了两瓶小刀酒，说，既然你喜欢喝，我陪你哦。我说，就你那小样，作死啊。她笑了笑。她笑的时候特别好看，我的心动了一动。你们笑啥？无论男人女人，来了电，都一个操性，恨不得立马把对方扑倒。那天我把她扑倒了没？拉鸡巴倒吧，我被她灌倒了，一人一瓶白的，又整了七八瓶啤酒原浆。断片了，早晨醒来，都十点了，爬起来，发现桌子上有早饭，一盒粥俩包子。旁边放着张纸条，写着：后会有期。操，有啥牛的啊，不就是黄鼠狼子被母鸡咬了口么。他妈还装逼，字条是用繁体字写的。

那天之后，跟她见面的机会越来越多。见了面也不一定有机会说话，看对方一眼，笑笑。心里真爽啊。是啊，咋那鸡巴爽呢？晚上收工了，她会来我房间坐坐，别想歪了，啥都没有，就是坐坐。我才知道她是台北花莲人。一个花莲人，干吗跑到大陆来当化妆师？没整明白，也没问过她。只记得她偶尔说起，在厦门读的大学，毕业后就再也没回台湾。能干啥？瞎聊呗，跟她说我小时候的事。我们那时候，都喜欢打架，仿佛要是不打架，就对不起保卫科，怕他们失业。书包里都揣着刀子上学。他们管我叫"四眼狗"。为啥叫"四眼狗"？妒忌呗。我是好学生，只揣书，不揣刀。有天跟七八个男孩刚进校门，就被保卫科的拦住，要挨个检查书包。前面几个逼崽子，哪个也没放过，可书包里根本没凶器。到了我，保安说，不检了，进吧。妈的，这逼根本没想到，那几个崽子的砍刀全藏我书包里呢。

我说得吐沫星子乱溅,这时她走过来,一把搂住了我。我当时跷着二郎腿坐在椅子上,只好仰头看她。我们对视了足足三十秒,她才低头亲我。没错,她先亲的我。她的舌头咋那么软呢,来来回回在我门牙的位置舔来舔去,舔着舔着她就笑。我脸有些红。不光脸红,别的地方也红了,站起来,抱起她,扔床上。没料到她又坐起来,说,你要干什么,我们好好聊天不行吗?我听她的语气有些急,就怂了,没敢乱动。这样,她光脚坐在床上,抱膝,下巴枕在膝盖上,继续听我胡侃。到了凌晨一点,她抱了抱我,说,晚安,没有门牙的帅哥。转身回宿舍了。

说实话,我没搞过几次女人,大多数时候,都是自己搞自己。也没正经谈过几次恋爱,哥们这么帅,眼高,但是手不能低。每天晚上,无论多晚,她都会来敲门。一听到敲门声我就硬了。硬了就硬了,憋着,跟她说话,啥都说,小学说完了说初中,初中说完了说高中大学,然后说咋入的影视这行,剩下的就是娱乐八卦、明星丑闻、音乐文学,除了两岸关系,我们啥都谈,性也谈,口无遮掩。她要是高兴了,还会给我读诗。谁骗你们谁孙子。读得都是外国人的诗,我可一首没记住,什么我喜欢你是寂静的,我远离了黑暗与爱啥的,整不明白。整不明白也得听,瞪着大眼睛竖着大耳朵听。她声音绵绵的,有一点点沙哑。她读的时候,我就用手机给她配乐。找的《冰血暴》里的一段，花枪女高音那段，她老喜欢了。她可能都没听出来，她读了那么多首诗歌，我就用了一首音乐。

我跟她在一起快活不？这不和尚头上的虱子吗。能憋住不？咱也不是柳下惠，可是，人这玩意，有时候就是贱，会被一种特别美、特别好、说也说不清的东西罩着，操，这时欲望就显得贼他妈低级。当然，我们会接吻。只是接吻？也不是，有回我忍不住将她的上衣脱了。她没说啥，我就亲她乳房。可别往歪里想，就这点干货，别的没了。咋可能扯犊子呢！她别看长得柔柔弱弱，性子倔着呢。当然，有时候她也主动亲啊，亲得我云里雾里的。剧组的人知道不？不能让他们知道，省得成谈资笑柄。戏拍到一半，眼瞅着情人节了，我那时候想，咱也浪漫一次，等那天到了，我就向她求婚。真的，她是这辈子第一个让我有结婚念头的女人。

这中间我悄悄回了趟北京。干啥去了？镶牙呗。你说我总不能豁着两颗门牙向一个女人求婚吧？多磕碜。贵就贵呗，恋爱中的人，从来都觉得金钱是粪土。我跟牙医说，镶德国进口的烤全瓷。情人节上午，我赶到片场，先一路忙活，后来我把她单独叫出来，说有点事。她看到我时明显有些吃惊。她说，你的牙齿怎么了？我得意地说，没咋的啊，我只是让它们变成了以前的样子。她默默地看着我，不吭声。我说是不是更帅了？她说，我不是说过吗，缺两颗牙齿也不影响什么。我说咋不影响呢，影响老大了，两边的牙齿没了支撑会倒排的，老用槽牙嚼食，会让我的两腮越来越大，到时候鞋拔子脸变梯形脸，没准鼻子也会跟着歪掉，你不得把我甩了？她说，我都不认识你了。我说，你只是不认识我的牙龈了。她笑了笑，说，记得你跟我说过，如果我喜欢，你就永远不去镶牙。我说，没错，你还说过，如果我能做到，你就嫁给我。

说到这里，我忽然觉得哪里不对劲了。我的手一直揣裤兜里，手心里攥着那枚钻戒。可是，我完全没有勇气将它掏出来了。我感觉手心里的汗已经将戒指打湿了。她看着我，说，新牙很漂亮。没错，她就说了这么一句，转身就走开了。

那天晚上，我们照例在宿舍闲聊。我在唠叨时，她一直盯着我的门牙，盯得我有点瘆得慌。她的眼神就像一个刚懂事的孩子目不转睛地盯着一头母猪，或者一条死鱼。我故意将她的注意力转移到别的上面，比如我给她变魔术，变出了一只小花栗鼠，她虽然大笑着将花栗鼠捧在手心里摸，可我觉得她的眼神还是在偷偷打量我的门牙；比如我学卓别林跳舞，我多希望她能专心地盯着我的大头皮鞋、我的黑色礼帽或者手里用来当拐杖的衣架，可，可是，妈呀，她的瞳孔仍然死死盯着我的门牙；比如我学单田芳讲《隋唐演义》，边讲边将程咬金的三板斧一招一式演示给她看，操，她还是盯着我门牙……整得我老不爽了。后来我喊了一嗓子，你他妈神经病啊！真的，或许只是心里瞬间的念想，却被我喊了出来。不仅喊了出来，还又加了一句，看屁啊！信不信我把你门牙打掉！

没错，你们猜得没错，她起身走了，关门时，她扭头笑了笑。台湾人就是有礼貌，虚伪的礼貌。她为啥不狠狠骂我几句？那样的话不是更解气吗？我还能顺坡下驴，把兜里的钻戒掏出来，跪在地上，顺便把婚给求了。你们是不是觉得，我一个大老爷们贼他妈事逼？没错，我就是一事逼，就是一傻逼。第二天开戏时，我们一起吃盒饭，可她一句话都没说。是的，一句话都没说。我老想道歉，可这嘴像是被线缝上了，那两颗门牙怎么都露不出来。那天晚上她没来找我，我也没找她。第三天，我们导演让我跟生活制片去上海的外景地看景。看了三天景，回去时，却没看到她。我跟化妆主任问，若彤去哪里了？化妆主任说，制片人在横店还有一部戏，将若彤抽调到那里去了。

男2说到这儿，怎么就打住了。男1和她对视了一眼。她问道，后来呢？男2说，有个屁后来。我给她打电话，她也接，说两句就不知道说啥好了，只好挂掉。逢年过节的，我都给她短信问候，她也回，就两个字，谢谢。你说我还能咋办？我他妈还能咋办？

男2扫了眼她和男1，举起杯子，抬了抬下巴，意思是，喝酒吧。她看到男2的眼睛有些湿润。如果身旁无人，男2或许会哭吧？她已经多年没有见过男人哭泣了。男人的眼泪，向来只留给黑夜和阴道。男2这口酒喝得不少，或许，此时的酒跟水已然没有多大分别。她盯着男2乱糟糟的头发和破碎的眼镜片，竟然有些许难过。这难过是属于男2讲的故事，还是属于她自己，她委实也分辨不清。她看了看男1，男1绷着脸指了指窗外，吞吞吐吐地说，你们看，雪越来越大了。到了明天，无论红城墙，还是黑色柏油路，都是白的了。男2说，有啥看头，想看雪了就去东北。这点破雪，不够塞牙缝呢！男1揉了揉腮帮子，扭头跟服务员说，你好，再帮我拿些花椒粒。

等花椒粒再次塞进齿缝，男1的脸色和缓些，他用公筷将豆皮从鱼肚下翻上来。你们吃些东西吧，他说，点了条这么大的鱼，却干坐着喝酒，真是犯罪啊。

男2说，你担心啥，我几筷子就能把这条鱼干掉。你还是讲你的故事吧。她瞄了男1一眼，给他夹了块鱼眼附近的嫩肉。他点点头。他应该知道，鱼身上最好吃的就是那里。

男1的语速有些慢。当然，他想快也快不起来，让一个正犯着牙疼的病人讲一个关于牙齿的故事，也许是一种变相的惩罚。他无疑很享受这样的惩罚。他的语速虽然缓慢，但是吐字清晰，他或许并不想拿腔捏调，可事实是，当那些句子断断续续地从他厚重的嘴唇里吐出来时，确实有一种话剧演员背诵台词的效果。他可能也意识到这样的说话方式有些不妥，然而又有什么办法？此时他只能以这样一种姿态镶嵌到两个陌生人关于夜晚的记忆中。

有个女人，男1说，这个女人嫁给了她的高中同学。能有多少女人顺利嫁给情窦初开的恋人而且生一对龙凤胎？从世俗的角度理解，这个女人是个幸福的女人。她有个高大健壮的男人，有份公务员的工作，还有两个刚蹒跚学路的孩子和一套一百八十平方米的房子。她已经不太年轻，但是也不老，化完妆后，可以称得上是美女。对她来说，唯一的遗憾就是丈夫在外地工作。丈夫是做什么的呢，也许是在太平洋、大西洋跑船的水手，也许是野生动物摄影师，总之，男人半年左右才回来一趟。父母知道哄孩子是件大事，便搬过来同住。每天下班时，母亲把饭做好了，父亲陪着孩子们玩耍。吃完后，碗也不用刷，地板也不用拖，她只需负责躺在沙发里看看电视，或者逗逗孩子们。她似乎又回到了少女时期。有时候她照着镜子梳头，听到父母嘀嘀咕咕地拌嘴，恍惚又回到了十七八岁。没错，她的心一点没老，也许可以说，她可能从来就没长大过。

有一天，父母带着孩子们回家了，她一个人吃饭、看电视。闲来无事就开始玩手机。她很少上交友软件。可那天，她不知怎么就上了，不仅上了，还跟一个男人聊了许久。是男人主动加的她。视频里的男人长得很帅，她想，她还从来没有见过这么好看的男人，不但好看，嘴巴也甜，妹妹妹妹地叫着，说话声音清脆干净，笑起来眼睛就变成了两瓣桃花。他自称从外地来此公办，一个同事没有，一个朋友也没有，饭也懒得吃，到现在还饿着肚子。他说饿着肚子的时候，眼神那么失落，让她不禁想到那些没有人管的孤儿，忍不住就说了句，你要是饿了，我做给你吃。男人说，真的吗？男人说话时没有丝毫的惊喜，这让她有些不舒服，就说，给朋友做顿饭，有什么大不了的呢。男人的眼神就亮了，说，你真的把我当朋友，真的愿意为我做一顿晚餐吗？她说，是啊。男人说，那把你地址发给我，我去吃妹妹做的大餐。她想也没想就将地址发给了男人。发完之后就后悔了，说，我在开玩笑呢。可男人并没有回话，这样，她反倒有些失落，丢了手机，躺在沙发上看韩剧。没多久门铃就响了，她以为是父母又带着孩子回来了。开了门，才发现，门口站着个陌生男人。

她刚想说什么，男人将食指放在唇边"嘘"了声，进门，将门锁好，脱鞋脱外套，仿佛到了他自己的家一般。说实话她当时吓坏了，以为进来的是劫匪。不过瞄了两眼，才发现这男人，竟然是刚才跟她聊天的人。她嘟囔着说，你真来了啊？又嘟囔着说，怎么这么快呢。男人说，我饿了啊，想吃妹妹做的饭。她这才心安些，偷偷打量着他。他比视频里还要清俊。当时她以为他是个电影演员。

她为他做了一碗蛋炒饭，又放了一碗紫菜汤。他吃饭的样子很安静，嘴唇边没有一滴汁水，而且没有半点声响，完全不像自己的丈夫那样狼吞虎咽。她竟然看得有些呆了。她或许一直是个花痴，只是自己没有察觉而已。反正，男人吃完饭，他们又在客厅里看综艺节目，看着看着，男人的手就伸过来。她说，你老实一点啊。或许她说话的声音过于轻柔，或许她那时心里委实在荡漾，反正男人并没有将手拿开。也许男人看来，那更像是一种羞涩的暗示。他将她的手指放进嘴里吮吸起来。她当时是怎么想的呢？也许什么都不敢想。他将她抱进卧室，将她衣服褪掉，然后像她的丈夫一般覆盖了她。

  她从来没有遇到过这么温柔的男人。那天夜晚，他们至少做了三次，事毕歇息片刻，男人的欲望就又如生铁般坚挺起来。他还是个有情调的人，从卧室到客厅，从客厅到卫生间，从卫生间到厨房，再从厨房到阳台，总之，他的脚步和汗水几乎遍及了她家的每处角落。她想大声喊叫。她从来没有大声喊叫过。但她只是用手狠狠捂住了自己的嘴巴。倒是他，间或发出轻吟，对不起……对不起……她听到他不知是愧疚还是兴奋的喃喃声。

  男人离开时是凌晨三点。她沉沉睡去，醒来时看着镜子里的自己，懊悔和羞愧让她的泪水不由自主流满了脸颊。她竟然做了这样的事情，还是跟一个连姓名都不晓得的男人。她在浴室不停地清洗着自己的皮肤，想把男人身上的味道全部冲洗掉。然后，她又开始清扫房间，把厨房、客厅、卧室、阳台的犄角旮旯打扫得干干净净。她可从来没有如此勤快过。当她气喘吁吁地坐在床铺上小憩时，偶然垂头间，在床脚，是的，在床单几乎覆盖的床脚下，她发现了一颗牙齿。

  那是一颗洁白的牙齿，没有烟渍，没有饭渍，也不是四环素牙。她当时的第一反应就是，难道自己的牙齿掉了？舌头舔了半天，根本不是。那么，她想，这是谁的牙齿呢？

这是一颗成人的牙齿，绝对不会是孩子的乳牙。难道是丈夫的？一想到丈夫，心又抽搐起来，可是，从来没有听他说掉过牙齿啊。更不可能是父母的，他们虽然老了，可牙齿比老虎还要尖利，况且他们从来没有进过她的卧室。难道，这颗牙齿是……那个男人的？想到那个男人，她的脸就红了。然后，她想到了一系列让她可能一辈子都不能忘记的事情。

她和男人视频。男人说，牙齿怎么可能是我的呢？我牙口好着呢。我要开会了，宝贝，改天再聊。他的声很淡然，完全不如昨晚那般急切。她支支吾吾地说，我把手机号码给你，你忙完了，记得打给我。男人说，没问题啊宝贝，想死你了。他的嘴唇贴到屏幕上，亲了亲她。

那么，这颗突如其来的牙齿，就只能是丈夫的了。他掉了颗牙齿，却从来没有告诉她。这么想时，她有点难过。到底难过什么，她自己可是一点都不懂。那天晚上，她吃过晚饭，想给丈夫打个电话问候，可鬼使神差地，她没有联系丈夫，而是连接了跟男人的视频。让她意外的是，男人将她拉黑了。他怎么能这样呢？她有些愤怒，在房间里不停地走动、揪头发、哭泣、擤鼻涕。慢慢地，愤怒就像暗夜天空中的鳞爪闪电，很快被黑暗吞掉。她手里呆呆地攥着那颗牙齿，整整在床上坐了半宿。

丈夫半个月后回来了。丈夫还是以前的丈夫，吃饭狼吞虎咽，做爱像发动机。她跟他躺在床上，汗水淋漓。事后她想了想，从枕头底下掏出那颗牙齿，柔声问道，这颗牙齿，是你掉的吧？又镶了颗新牙吗？丈夫将灯打开，拿过来，审视了半晌，问道，什么我的牙齿？我换牙后就没掉过一颗。他龇着牙齿说，你敲敲，你敲敲，我的牙口比牲口的都瓷实呢。她看着丈夫说，怎么可能呢，怎么可能呢，怎么可能不是你的呢？不是你的，又是谁的呢？丈夫说，管他是谁的，爱是谁的就是谁的，难道你不想我吗？说完又卷土重来。她目光呆滞地盯着天花板，手指死死捏着那颗牙齿，任男人要着他想要的。

男1讲到这里就停了。他一口气说了这么多话，说了这么多话似乎也没有让他的疼痛减轻一分。他蹙着眉，又去看窗外的雪。男2已经没有气力看雪了，他趴在桌子上睡着了。他的鼾声时大时小，涎水一条条流到油腻的桌面上。

后来呢？她问道，那颗牙齿到底是谁的？

男1仍望着窗外，说，后来，那个女人魔怔了，无论是上班还是下班，无论是在卧室还是在厨房，无论是在床上还是在床下，兜里都揣着那颗牙齿。有时候她会突然翻开她母亲的嘴唇，问道，你是不是掉了颗牙齿？有时候她会盯着同事的嘴巴，听人家说话，听着听着她走上前，拉着人家的手问，张美玲，你掉了颗白齿吗？如此反复几次，家人才发现她有些异样，只好强行带她到医院检查。医生说，女人得了抑郁症和深度焦虑症。说到这里，男1突然站起来说，我们撤吧，很晚了，明天还要出差的。

她着实有些意外，指着男2磕磕巴巴地说，那他……他怎么办呢？

男1说，他会醒来的。没有回不到家的男人，只有回不到家的女人。

她没有跟男1抢着结账。她觉得这是对男1的尊重。出了饭店，才发现窗外的雪跟从窗内看到的雪不一样。她想到自己喜欢的一个男作家，经常在小说里写到雪。他为何那么喜欢雪呢？每次写到雪，他都会用到"肥硕"两字。这一晚的雪，倒是真的很肥很硕。北京已经四五年没有下过这么仓促这么漫天的雪了。她打了个寒噤，脚底一打滑，险些就摔倒，幸亏男1一把拽住了她的手。他的手比她的手还要热。她犹豫着问道，你贵姓？

他没回答，而是反问道，你想知道我讲的故事，是如何一个结局吗？不等她吭声，他就自言自语地说起来。他的声音在雪色中有些游离，也许是那些胡乱飞舞的雪花让一切都不真切起来。他说，后来，那个在外地工作的丈夫，与一个同事在某个酒局上相逢。这个同事以前是他的哥们，关系铁得很，只是有一年，同事忽然辞职去了南方。这一次久别重逢，真是让人惊喜。同事那天跟他喝了无数的酒，后来又去酒吧喝，他们把那个酒吧所有的1664全干掉了。后来同事不停地吐，吐完了抱着他不停地哭。他安慰同事说，人生何处不相逢，何必如此伤感呢？同事断断续续地问道，大哥，你还记得有一年……我去你老家出差吗？丈夫想了想说，记得啊，本来该我去，本乡本土的，可老总非要我去杭州。对了，我还把你嫂子的手机号给了你，嘱咐你有空了联络她，让她请你吃顿便饭来着。同事哭得就更厉害，说，我嫂子啊，确实请我吃过饭呢。我只是没跟你提起过。丈夫说，我怎么从来没有听你嫂子念叨，哎，这个女人，从来都是稀里糊涂。同事就在酒吧的椅子上睡着了。丈夫盯着同事，恍惚想起来，这个同事，就是去他老家之后辞职的。当时身为副总的丈夫还甚是惋惜，同事名校毕业，精明能干，又是花样美男，人气爆棚，他的离开，公司损失还真是不小呢。

男1讲到这里咳嗽起来。她看到男1身边的雪瓣都被咳嗽声震飞了。在雪中，男1的身材显得格外魁梧。她拍拍他的后背说，不知道我们什么时候才能再聚一次呢？说实话，她本来想要他的手机号码，转念间又觉得有些冒昧。只不过是在一场莫名其妙的酒局上碰了一面，顺路步行回家途中，又吃了顿消夜而已。这么想时，她不禁匆匆往前赶了几步。再回头，男1的身影已然模糊。他喝多了？在呕吐？不过，喝多喝少跟自己都没有干系。北京这么大，每晚喝醉的人可能比欧洲某个小国的人口总和还要多。想到这里，她下意识地摸了摸自己的牙齿，自嘲地笑了笑。后来，她忍不住回头又张望了几次。什么都望不到了，无论是立交桥还是楼厦，树木还是人迹，都被凛洌的白色裹挟遮蔽。她走在城中，却如走在旷野中。隐隐约约地，她还听到了旷野上的风声。

2017 年 3 月 12 日

水 仙

白天总是那么长，直至戌时，星辰才坠浮河面，一荡一漾地淹了暗处。她到猪圈里看了看小六，又将新韭浇透，才倚着门框大口大口地喝起凉水。入夏以来，她老觉得燥热，身子里有什么东西一簇一簇地拱，拱得她口干舌燥，走起路来脚底仿佛踩着闪电。唯暮色四起，蝉声疲乏，夜虫鸣声从河的此岸跳到彼岸，她才静下来，身体里的火才被黑色掐灭。她静了，小六却不安生，躺在猪圈里不停哼唧。小六就要当母亲了，胃口却越来越差，连最喜欢的落莉放到嘴边，也不屑睁眼瞅瞅。有时她站在猪圈旁忧心忡忡地盯着小六，不晓得哪天它若真分娩了该如何是好。公社唯一的兽医年前就死了。张金旺呢，更指望不上。他在大清河盐场搞"四清"，夜里带领村民背语录，个把月不曾回来。即便回来又怎样，据说他对何桂玲有意思。全村的人都知道，他为何桂玲生过一场大病，整个暮春，他母亲都会叹息着将药草渣滓倒在门前,嘴里嘟嘟囔囔骂个不休。

又用扫帚扫了庭院。扫帚苗在沙地上留下一绺一绺白迹,月光铺上,无数根羽毛似乎就飘升起来。扫完院子又将农具摆放齐整,锹挨着锄,锄挨着镐,镐挨着镰,镰的旁侧是粪筐。拾掇齐整才拽了草垫坐下。坐下了眼睛也不得闲。夜色浓墨,盯得久了,仍能辨出哪里是高粱地,哪里是稻田,哪里是玉米地,哪里种着黄豆,哪里种着芝麻,哪里又种着荞麦。在所有的墨绿、浅绿、素黑、墨黑、叶脉抖动的光之上,肯定就是涑河了。涑河在夜晚是莹黑的。她侧耳听着涑河之上幽暗的叫声、草鱼从水里一跃而出的尾响,以及溽热夏风吹拂水纹的细碎呢喃,还是忍不住双手捂住脸庞,抽噎起来。

母亲去年过世了。

母亲去世后,她从哥哥的院子搬出,住进涑河岸边的这栋老宅。据说老宅解放前是地主陈家的,如今早已没收,亦未存后人,因了离村弯远,也没得派上公用。自她记事起,就没盘起过炊烟。队长是本家,哥哥跟他打了招呼,他就将一把生锈的钥匙给了她。说实话她很想跟哥嫂住在一起,只是每逢晚上就念起母亲,念起面目模糊的父亲,难免从枕头这头挪到那头,再从枕头那头挪到这头,直到将天辗转亮了,才眯个回笼觉。白天参加生产队的劳动没一点精神,瘟鸡一般。哥哥家有八个女儿,最大的跟她同龄,最小的才五岁,闹闹嚷嚷如牲畜市场,肃静些也好。搬过来不几日也就习惯。白天挣工分,晚上在院子里浇菜洇地，背背主席语录，倒也安生自在。前几日跟妇联主任借了辆纺车，将积攒了几年的旧棉花倒腾出来，一捆捆纺成线，等来年开春，托邻村的拐子织成布匹，就能给哥哥做几件布衫。也曾想给张金旺做一件，不过因了何桂玲的事，心里多少有些疙瘩。张金旺搞"四清"前倒也来拜访过她一次。他确实瘦了许些，脸上的麻子印更密实了。张金旺跟她站在院子里聊了许久，事后想想聊了什么，倒也记不起。临走前他递给她两双袜子，说是托人从供销社买的。她没接，张金旺就将袜子塞她手里。那是两双绿色的袜子，从罗马尼亚进口的。他还说，他会给她写信。

她倒没应过他什么，以前他们有个学雷锋小组，组员俱是村里未婚待嫁的小伙姑娘，倒是常组织些活动。他们曾趁着夜色给生产队的稻田灌水，晨起时腰脊都如炸裂般，几个姑娘家还连夜做了条棉门帘，大雪那日挂在何光棍家门口。张金旺不是个话多的人，她也是。何桂玲倒麻雀般聒噪，就想不明白，张金旺怎么会喜欢镶着一只金牙的何桂玲？仿似人家没看上他，这才正眼瞅起自己，心里终归有些麻麻幽幽。不过在月光下纺纱，偶想起张金旺，嘴里尚有一丝水果糖的甜。

那个穿白布衫的男子何时来的河边？想不起来。反正有那么一天，七八点钟光景，这人骑着辆老水管自行车慢慢悠悠地从岔路过来。天蒙黑，她还未点煤油灯，正坐在院子里吃晚饭。之所以留心到他，是他的布衫太白了。这人将自行车扔到黄豆秧苗旁，瞅也不瞅别处，径自褪掉布衫，光着膀子在河里洗将起来。她的脸就红了，转身回了房间，灯也没点，只将语录贴上心房，不知如何是好。看样子不是村里的年轻人，村里的男子都知道她住在这里，万万不会如此冒失地跑河边洗澡。还是忍不住朝窗外窥去。糊着浆纸的窗棂被木棍支起，透过薄薄的雾气放眼望过去，只觑到黑乎乎的柳树枝和豆角秧。那人倒仿佛走掉了般。就想，兴许是邻村的人路过，耐不得一身粘汗，这才不管不顾地洗了洗身子。

翌日上工，妇联主任老远就朝她打招呼，眉眼都是笑。待近身方才说，老妹子啊，有人给你写信了呢。她喃喃着说，谁会给我写信呢，别骗我了。妇联主任拧了拧她脸蛋，十七八的姑娘水里的莲花，当然有人惦记着。接过来看，真是一封信。这是她有生以来第一次接到来信，看了看封皮上的字迹，歪歪扭扭，松松垮垮，就想起一个人高高的身坏，瞬息脸就不晓得往哪里搁。妇联主任打趣道，别看老妹子黏黏糊糊，话不多，可男人啊，就喜欢这样的。旁人就附和着大笑。她忙将信封塞进裤兜，低头捉起蝗虫来。

这年的稻田，倒是长得好，粪用得足，水也盈旺，都寻思是个好年景。不承想怎么就闹起了蝗虫。她还没见过这么多蝗虫，一只飞起，另一只尾随，眨眼空当百十只也有，从头顶乌泱乌泱飞过，还没缓过神，耳朵里全是翅膀撕裂空气的尖利声响。抬起头,浩浩荡荡的一片又一片绿云就移过,飞过之处,稻叶被啃得七零八落。公社就号召各村各队逮蝗虫,男子若是一日逮一千,记工分十二分;女子若是一日逮八百,记十分。村人便狂喜,往日里劳作一天,不过男子记十分,女子记八分,这逮蝗虫无论如何比间草、施肥、去除蘖枝要清闲吧。没想到并非如此,蝗虫贼头贼脑,小腿一蹬翅膀一张就飞出去老远,捕捉起来真是不便。怕踩到秧苗,又只得在田垄上,一日下来,逮四五百只已是庆幸。反倒不如平常里挣的工分多,难免发些牢骚怨言。她倒是不关心逮了多少蝗虫,她最想知道这封信里写了什么。垄上走着心里却老惦着裤兜里的那封信,腿脚便滑进稻田,裤子鞋子全是泥水。村民哄堂大笑,她也恨不得如蝗虫般拍着响翅飞走。

好不容易熬到傍晚,收了工,这才小跑着回家。衣裳也顾不得换洗,先将那封信掏出来,拿剪子小心地剪了细口,哆嗦着将白信笺抖搂出来。果不其然就是张金旺写来的。他说,周桂花同志,我在大清河这边工作很顺利,组织信任我们,我们也不能辜负组织,已经清理了三名队长,一名是为相好的寡妇多记了三百工分,一名是侵占了村里的两张梨木桌,还有一名是死活背不会"老三篇",如此如此。最后他说,虽然鸡蛋因适当的温度而变化为鸡,但温度不能使石头变成鸡,我们在战略上要蔑视敌人,在战术上要重视敌人,把别人的经验变成自己的,他的本事就大了。

这封信她读了几遍,读到最后总是失望。他提了半天工作,唯独没有提她,没有问她的猪胖了没有,没有问她的辫子是不是更长,也没有问她穿没穿他送的罗马尼亚袜子。不过,她还是把那封信重新叠好,小心地塞进信封,藏到镜框后面。想了想不放心,还是用报纸包了,塞进炕席下。等月亮升起,才煎了碗豆角就着玉米粥草草吃掉。吃完了又扫院子,扫着扫着,便听到河边响起哗啦哗啦的声响。不禁愣眼瞅去,正瞅到有人洗澡。这人无疑是个男人,站在岸边,肆无忌惮地擦弄着身体。这胸口就憋闷得很,有火在舔,她分不清是源于羞愧,还是源于愤怒。转身进了屋,从笸箩里寻把剪子紧紧攥在手里。男子无疑是昨日里那男子。看来不是偶然路过洗澡,倒是将这里作为澡堂了。若是个下作的人,知晓她一个姑娘家独居于此,难免会生歹心。暗地埋怨起自己,为何偏要搬到此处。若是仍住老院,怎有这般荒唐事要担忧?这里想着,便听到外面有人喊,家里有人吗?

颤抖着手将煤油灯点燃,清了清嗓子嚷道,谁啊?

便听那人说,我是隔壁村里的,路过这里,口渴得紧,能否讨碗水喝?

她提煤油灯走出去。那人尚在篱笆外,她定了定神说,你进来喝吧,水缸就在门口。

那人搡开院门,闪进来,舀水,咕咚咕咚喝,又将水瓢扔进缸里,擦擦下巴说,真是谢谢你了。

煤油灯抬了抬，正是这几日接连洗澡的男子。头发蓬松湿漉，白布衫也是半湿。她说，客气啥，乡里乡亲的。

他说，我这些天单位搞演出，排练到很晚，再骑上几十里路，快到家了，总是一身汗，禁不住在河里冲凉，你可别介意。

原来是个公家人。公家人细眉细眼的，说话声也柔和。她就问，你做什么的？

男子说，我在文工团。

她眼睛亮了亮，问道，你会唱《拉骆驼的黑小伙》不？男子摇摇头说，不会。她又问，《接过雷锋的枪》呢？男子又是摇摇头。原来是个不会唱歌的人。她说，你不会唱歌，肯定会跳舞了，不然你在文工团做什么？男子轻笑了两声说，我也唱歌，我也跳舞，不过都是你没听过的。他的口气并没有炫耀或嘲讽的意思，不过她还是有些不舒服，就说，我们前年还到公社参加过汇演呢。男子也没有追问她演过什么节目，他的眼神飘来飘去，皮肤又那么白，站在夜色里，随时要消逝的模样。

你们最近在逮蝗虫吗？男子从身后拽出个物什，说，这东西送你，保证你能挣十个工分。她撇了撇嘴说，放水缸旁边吧。男子说，要不我给你演示演示？我自己做的。他眉眼竟有些羞赧，你要是觉得不管用，我再重新做一个给你。

她说，很晚了，我要歇息了。

男子转身就走了，老水管自行车咿咿呀呀地消失在绿纱帐里，白色布衫也只是闪了几闪。她将手心里的汗在裤子上蹭了半晌。

那夜倒睡得踏实香甜，听到上工的钟声才蓦然醒来，慌乱地穿衣洗脸，跑出院子时撞到了水缸，有东西便歪歪斜斜倒将下来。匆忙一瞥，记起是昨夜里那白衣男子送的，忍不住打量，却是一杆绿竹竿，铁丝拧成圆形罩了塑膜紧紧绑在竹竿顶部，倒像是麦田里的稻草人。就想，这男人聪明得很，别人怎么就没想到？

带到稻田，逮起蝗虫来还真是应手得紧，不用跑不用颠，竹竿握稳了，在稻上挥上一挥，几十只蝗虫便稳稳落网。队长见了很是惊讶，说，这么简单的法子我们怎么没想出来？不就是逮知了用的嘛！夸了她几句，吩咐小队长们分头去做器具。她心里难免有些欢喜，又想起那男子，也是古怪，不会唱不会跳，还在文工团里营生。每日里骑上几十里路倒是辛苦，不过，比起张金旺就幸运多了。张金旺的大清河盐场离家百十公里，搭马车的话也要一整天。又想着如何给张金旺回信。看来要去供销社买信纸了。

那晚早早吃了饭，院子也没有拾掇，就在煤油灯下写起信来。她写道，今年夏天比往年都要热，蝉多，蛇多，连蝗虫也多。这些天生产队一直在灭蝗虫。不过，毛主席说过，捣乱，失败，再捣乱，再失败，直到灭亡，这就是帝国主义和世界上一切反动派对待人民事业的逻辑。蝗虫肯定也是这样，注定会被消灭的。不过，优势而无准备，不是真正的优势，也没有主动，懂得了这一点，劣势而有准备之军，常可对敌举行出其不意的攻势，把优势者打败。队里一开始被蝗虫闹得心焦，不过，自从发明了捕虫器，人民群众就有了优势，就能把蝗虫全部消灭。写到这里时，她难免想起那个白衣男子，斟酌了一番，还是一句话都没提。最后她写道，希望张金旺同志身体健康，革命友谊永远永远不朽。

又读了一遍，读着读着就睡着了。及至窗外大亮，白色水鸟从河面掠过，小野鸭在睡莲里凫来凫去，她方才醒来。站到院子里伸个懒腰，才发觉缸里的水是满的。如果没有记错，昨天只剩半缸水，她有些劳累，懒得动弹，并没去井里挑水。是谁做的好事？就想起那白衣男子，不过马上又摇摇头。想，他昨晚是不是又来河边洗澡了？像他这么爱干净的男子，倒真是不多见呢。

那天晚上闲来无事，将猪圈里的粪起了。小六一直趴着哼哼，掐指算算，猫三狗四，猪五羊六，驴七马八，看样子过不几天就分娩。小六是哥哥买给她的。哥哥说，你一个姑娘家，不能老闲着，养头半大猪，忙忙活活，一年就过去了。年底了把猪卖掉，攒些嫁妆钱，找个好小伙子完全不是问题。她也没吭声。他们家是中农，又这么早没了父母，婚事还是谨慎些为好。又记起母亲临终前，拉着她的手叮嘱，千万别学别人家的姑娘，靠着门框整日里嗑冬瓜子。那是母亲留给她的最末一句话。望着逐渐黑下来的涞河，哀伤像雾霭般将自己笼住。虽说孤身一人过日子，但并不比村人过得差，委实没有什么好哀怨，可心里就是腼应得很，常常看着河流，什么都不想说，什么都不想做。甚至想，这世上的人，跟这涞河里的浮萍并无二致，灭了生，生了灭，灭灭生生，生生灭灭，没有什么好怨怼愤懑，哪怕是当世最伟大的人，上千年过去，记得的也不曾有几个。

那晚正胡思乱想，便看到白衣男子忽从篱笆外跑过。他仍套着那件白布衫，一晃两晃地就被暗夜吞噬。不过十余分钟，却又从高粱地里窜出，一味地奔跑。也不知在追赶什么。耳畔几乎能听得他呼哧呼哧的喘息声。忍不住走了出去。那时月光正好，过不一会儿男子又跑到门前，她"喂"了声，男子才猛然停住，问道，你瞧见那人跑哪里去了？她说，我没看到旁人，只见你一个人在这里傻子似的狂奔。男子叹声说，都怪你，我眼看就要逮住他了。她问道，那人是谁？偷粮食的吗？你是护秋员吗？男子摇摇头说，你想不想帮我？她问道，帮什么？男子说，那人待会儿还会从你门前跑过，他被我吓破了胆，已然疯癫，到时他在前面跑，我在后面追，你要是见了他，拿我送你的竹竿绊下他双腿就好。她迷迷瞪瞪地乜斜他一眼，说道，只这些吗？那人是坏分子吗？男子点点头道，你真是冰雪聪明。

她刚回院里拿了竹竿出来，便有一矮胖男人跑过来。套一身绿衣，眼球凸起，头发被风吹得一跳一跳。忙将竹竿扫过去，那绿衣男子一声大叫立仆于地，白衣男子趁势赶来，用野草拧巴拧巴缚了男人，转头朝她笑了笑，却是半句话也无。

她愣愣地看着他们在黑夜里蠕动不见。

翌日，村人带着捕虫器来到田间，才发觉蝗虫似乎大面积撤退了，只逮到些麦粒般大小的幼虫，想是这个把月的辛劳没有白费，蝗虫也没革命气焰吓跑了。

那男子，几乎每日都来。倒不怎么洗澡了，时常站在篱笆外喊一嗓子，将她唤出。唤出来了也不吭声，只是默递给她条草鱼或者青鱼，个头大，也吃不完，往往只是将鱼头炖了，身子骨头一并给嫂子拎过去，喂给那些长得比桑麻秆还屦细的侄女。有时也会给她送些河蚌，肥得赛羊油，还从里面掏出过一颗玻璃球大小的东西，亮亮的，放在窗台上，夜里也发着幽光。有时她在月下纺线，纺车嗡嗡地响着，棉花团变成一根根银线吐出来，她再一绺绺捆绑好，放在沙地上。煤油灯时常跳芯，忽闪忽闪的，也容易被夜风拂灭，倒很是缠头。有一天，这男子不知道从哪里寻了盏马灯，替她挂到屋檐下。她笑着对他说，你倒真是有办法。他抿嘴笑了笑说，我本事可大着呢。她说，本事大的话，帮我来纺线啊。

说完就有些后悔。这深更半夜的，让一个不清楚来历的男人替自己纺线，要是被村人看到，不一定要传出什么风凉话。况且，男人家又怎么会干这样的活？不承想那男子想也没想就说，这有什么难的，瞧我的好了。将她撑到一旁，自己坐上草垫，调了调纺车，径自有板有眼地将棉花扯好，一条条塞进去。他长手细脚，倒是麻利得很，纺车也嗡嗡地转得比以往更快，在月下，他的脸白皙莹润，没有一滴汗珠。她就说，看样子，你倒是比我娴熟呢，小时常常帮你娘干活吗？他将手中的线停下，盯着她看，看了半晌才嗫嚅道，我娘死了不知多少年了，你要夸的话，倒不如夸我心灵手巧。她说，你呀，别人说你胖，你就喘上了。主席说，一切真知都是从直接经验发源的，可千万不能骄傲。男子默不吭声，只是纺车转得愈发得快，那手上的白线倒比月光还白还长。她说，天晚了，你快回家吧，别让家里人担心。他哼了声说，家里人谁管得了我？她就舀了瓢水递给他，不晓得再如何接话。多年后，她仍时常念起那个夜晚，河边的院子里，他仰头喝水的样子：脖颈比细腕葫芦还瘦，几乎没有喉结，脸上的汗毛被马灯昏黄的灯光映得毛茸茸。有那么片刻，她差点忍不住伸出手去摸上一摸。

那晚男子走得很晚。她都有些困顿了，回屋趴炕沿上睡着。醒来时天已大亮，院子里的几捆棉花都已纺好，线捆得整齐，地上浮着层碎棉絮。水缸里的水还是满的。

张金旺又来信了。张金旺的字似乎比上一次好看了些，写了满满两页。他说，"四清"工作取得了丰硕成果，县里已经将大清河盐场列为示范点，要组织全县搞"四清"人员前去考察学习。他还骄傲地说，他帮助一位不识字、眼睛得了白内障的老太太背会了《愚公移山》。老太太不仅能正着背诵，还能反着背诵。他下一步的任务，就是教她《纪念白求恩》。

她想，他这么忙，还给她写了整整两页信纸，真是不同寻常的革命友谊。竟有些隐隐地想他，想他高挑的个子、鸟窝般的乱发和白色的布衫。想着想着，猛然惊醒，竟然是把张金旺的样子和那白衣男子的样子混淆了。觉得格外对不起张金旺，就又把信从头到尾读了一遍。让她再次失望的是，他仍然提都没有提小六。

小六的乳头越来越大，潮红发亮，用手一挤就流出清亮的乳液。听有经验的人说，大抵四五天就要分娩了。她让人家捎信，叫哥哥这两天回家帮忙，顺便给她买把镰刀。母亲留下的那把镰刀，别说割草了，割起草纸来都费劲。不过哥哥捎话回来，他们单位出了点问题，要处理好才能安稳，给小六接生猪崽的事，最好找队长商量一下。她想了想，为啥非要男人帮忙呢？家里那么多侄女，随便拽几个过来，打打下手就好。不承想真到了下崽那天，小六竟一直熬到午夜，三个侄女全在炕头上睡熟了，她一个人蹲在猪圈里，看着小六四肢伸直躺卧在那里，不断有黄色粘液流出，自己倒是乱成一团麻，一屁股坐在猪食槽子上。此时便有一盏马灯晃过来，在她脸上停了停。她听到有人说，我来吧，你先去歇息。除了那白衣男子还会有谁？她就问，你给猪接过生？男子说，没有。她问，你给马接过生？男子说，没有。她有些急，嚷道，那你装什么兽医？男子说，这些雕虫小技，还需要学吗？

折腾半宿，小六安生了，七个崽哼唧着嘬奶。侄女们也都醒来，围着小猪喊喊喳喳。她备了猪食，再去找那男子，男子已经走了。就问侄女，帮忙接生的人呢？侄女瞪着迷迷糊糊的眼说，不是你自己接的生吗？她也没顾得上跟侄女计较，人家帮了半宿忙，连个西红柿都没吃，真是对不住。

当晚侄女们刚呼啦啦走掉，男子就过来了，背了几袋麸皮，说是老母猪最爱的料。又叮嘱说，每隔两个时辰要给小六喂次清水，清水里要加些粗盐。要是得了空闲，最好到供销社买些豆饼。她嗯啊着应允，其实委实不知道该如何感谢人家。男子似乎看出她有些过意不去，就说，你个姑娘家，养猪养羊的，忒不易。我这么帮你，也没有乱七八糟的意思。她红着脸看他，说，不如这样，今晚我请你吃顿便饭吧？这些日子，你倒是帮了我不少大忙。

男子盯她半晌说，我不饿。

她说，你不饿的话，就坐在旁边，看着我吃。我吃了，就等于你吃了。我这心事就算了结。

男子笑了，说，你这是哪门子道理？

她说，这是我们周家的道理。我妈说过，千万不要欠人家的，钱物如此，人情更是如此。

男子想了想说，也罢也罢。你们这些人……倒少有你这般心口合一的。

她就让他坐在院里纺线，自己烧了灶，用酸酱炖了茄子尖椒和豌豆，盛了碗黍米粥，有一口没一口地嚼着。自小到大，她还真未见过这般男子，干净得像棵刚蹿了花的高粱，做起事来一板一眼。吃着吃着她问他，你家是哪里的？这么久了都没听你念叨过。男子沉吟了片刻说，我家啊，就在涞河之上，我们也算是同乡。她问他，你姓什么叫什么？日后路上遇到，都没法打招呼。男子说，我没有自己的名字。她说，哎，你是孤儿吧？父母是被日本鬼子害死的？他没有应她，她就继续问，你们文工团最近在排演什么节目？你不会唱歌不会跳舞，难道在那里当会计吗？

他将手里的活停了，转身笑着望她，望了良久才说，我倒是会跳舞，不过，跟你们跳得不是一回事。她将碗筷推到一旁拍手道，我最喜欢看人家跳舞呢。男子也没有拒绝，将纺车搬到篱笆旁，站着朝她笑了笑，径自跳了起来。

那是怎样的一种舞蹈呢，她之前从未见到过，当然，在她未来的七十年之内，也再未见到过。她感觉这男子仿若一株高挑植物肆意地在夜风中摇摆，或者说像一尾青鱼在浅水里曼妙地游动。他身上似乎没有骨骼和血液，所有羁绊人步履的都不能牵绊他的腾挪跳跃，翻滚踢移。月光下，他的身体越来越虚无，越来越缥缈，在某个瞬息她感觉到这个男子已经被月光融化了，只有他的影子依然在庭院里袅袅舞动。她相信即便是猪栏里的小六和它的猪崽也被他的舞步迷住了，它们很久没有发出愚蠢的呻吟和哭闹声。当一声断喝从篱笆外传来时，男子的身影才定在纺车旁，他显然是愣住了。她再次听到一声大喊，喊的是什么完全没有听清，她的耳朵仿佛也和瞳孔一样被死死地钉在男子身上。然后，她看到男子缓缓地瘫倒在地上，她泪眼迷离地看着哥哥攥着把镰刀站在她身旁，刀刃在月光下滴答着血。她再去看男子，男子跟跟跄跄地朝篱笆外走去。她试图喊一嗓子什么，却发现自己一句话都说不出。他一直没有回头。

后来，她就什么都记不得了。

日后据哥哥说，那晚他急匆匆打单位归来，心里惦着小六产崽的事，晚饭没来得及吃就拎着新买的镰刀前来探望。他已听女儿们说过，小六生了七头猪崽，为了奖励小六，他还特意从家里背了半块豆饼。当他急匆匆到了妹妹院子门口时，赫然发现一条硕大的白鲢正甩着尾鳍在月光下扭动。他这辈子还没见过这么长这么大的鱼，它的鱼鳞在月光下仿佛一块块碎玻璃发出妖冶明亮的光芒，而妹妹，就站在那条鱼的旁边痴痴凝望着它。他当时吓傻了，那条鱼比妹妹还修长高大，他很怕妹妹一口就被它吞咽到肚腹之中，所以他先是大喝一声，扔掉背上的豆饼直冲过去，挥起镰刀朝那条鱼的头部狠狠砍了一刀。当然，他也被自己吓傻了。等他瞪眼再次观瞧，那根本不是一条鱼，而是一个脸色苍白的年轻男子。

我肯定是中了邪，日后他曾经不下五十次跟妹妹解释那晚的事。不过你放心，每次他都拍拍妹妹的肩膀神情肃穆地解释说，那个年轻后生屁事都没有，他只是被我砍伤了耳朵。没瞧见吗，地上就那么一星两星血迹，他根本就不会有鸟事。他去哪儿了？我不是跟你说过吗，你太累了，晕倒在我怀里，等我将你安置好出来，那男人已不见了踪迹。说实话，我心里更内疚啊，莫名其妙地砍伤了个人。问没问旁的村庄？当然了妹妹，我走访了涞河边上的十八个村庄，都说没见过这样一个在文工团上班的孩子，也没有这样一个会纺纱织布的孩子。他是哪里人？他去了哪里？兴许他只是个过路的，帮了你的忙，鬼使神差地给你跳了段舞。有些人就是这么样的，妹妹，突然出现，突然又消失了，你可千万别往心里去。日子还长着呢！那晚我怎么会喝酒呢？我心里挂惦着你，哪里有心思喝酒？他肯定会没事的，只不过被我吓到了，日后才没敢再次拜访你。或许就是个游手好闲的年轻人，骑着自行车东跑西窜，没个球事。不过我觉得他对你也没安什么正经心思，不然何苦大半夜的来帮一个陌生姑娘做事？不陌生？不陌生你连他姓甚名谁都不晓得！这事可千万不能说与旁人听！张金旺要是知道了，还会给你写信吗？

她在床上躺了一个月，日日听哥哥唠叨这些无用的话。即便是假话，重复了千遍也成了真话、成了颠扑不破的真理。到了最后，她也渐渐心宽。哥哥兴许说得没错，没准就是个不靠谱的庄稼人，恰巧帮了她的忙，那晚被哥哥惊到，是再也不敢贸然拜访。

病快好了，张金旺也从大清河盐场回来了。据说"四清运动"已经圆满结束，一项更伟大的运动已经在首都轰轰烈烈地展开。张金旺回来后的第一件事情就是找了妇联主任做媒人，先跟她定了亲。定亲那日，她到张金旺家吃了顿萝卜虾皮馅的饺子。吃完饺子天已经擦黑，张金旺要送她回家。她说，虽然定了亲，还是要该来的才来，该往的才往，不能被人家抓住把柄，说我们只谈恋爱不谈革命。张金旺就有些羞愧，说，周桂花同志，我还没有你的革命意识强，没有你的思想境界高呢，如果你愿意，就让我们并肩战斗，携手共进吧！

待她回到家里，喂了猪喂了鸡，又扫了庭院，才走到岸边站了会儿。秋天到了，庄稼已经收割完毕，高粱玉米归仓，水稻也已上交县里。月色不如夏日里白亮，罩在河水上，有些铁器的清冷。这时从小路上踅过来个老妇，虽然只是深秋，却裹了黑色棉衣棉裤，头上也裹着条黑色纱巾。见她站在河边，就咳嗽了声，问道，姑娘，你没事吧？她看了妇人一眼说，能有什么事。妇人并未走开，反倒上前几步与她并肩而立。她觉得有些诧异，难免侧头瞥了两眼。老妇这才慢慢腾腾地说道，他委实伤得不轻，养了几个月不见好，怕是要走了。

她打个寒噤，死死盯看着老妇。老妇说，劫难就是劫难，破不了的。他修行了两千年，不也如此结果？

她伸手探了探妇人额头。妇人掸掸手说道，你也休要可怜他，你们的日子，怕是更难更苦。她将老妇的头巾裹得更紧些，轻声轻语道，快回家吧，免得家里人惦记。

她知道，涞河两岸有不少疯妇，春天或是晚秋，都喜欢在岸边怔怔地行走，走着走着就走到那水里，再也没有出来。

老妇瞥她一眼，道，你婚期定了吗？

她想了想说，定了。

老妇幽幽地问道，什么黄道吉日？

她想了想说，还有一个月。

老妇人就掐了掐手指说，哦，阴历是冬子月十五，阳历嘛，是……

她看了看老妇说，没错，阴历冬子月十五，阳历嘛，是十二月二十六号。

2017 年 1 月 5 日

夜 鸟

她说，你……现在……有空吗？

我说，还好。有什么事情吗？

她沉默了会儿，说，你方便来趟静园吗？

我想了想说，好的。

她说，那我等你哦。能听得出，她的声音这才轻松起来。我记得她是苏州人。

我看了看窗外，雨丝在路灯的照拂下似乎还很密集。下一整天了。这个夏天雨水格外勤，极像南方的梅雨季。或许是冬天太燥了。整个冬天只下了两场小雪，薄薄一层，灰麻雀蹦跶几下就没了。那个冬天，一种新型感冒病毒席卷了这里，我发烧持续了整整六天。听说很多病人再也没有醒过来。

她说的静园，离我的住处很近。花圃里种着月季。月季开得比婴儿的脸庞还大。我从来没有见过这么妖艳这么疯狂的花。园丁说这些珍贵的品种来自美国的圣·佛朗西斯科。我不知道圣·佛朗西斯科是哪里，查了查，原来就是常提起的旧金山，硅谷和斯坦福大学的所在地。我没去过那里，不过倒真的想去看看。资料里说，那里有条狭长的弧形海岸线，蜿蜒三百公里，最后消失在大西洋，在黑色礁石间，都长着这种圣·佛朗西斯科月季。喜欢盐的圣·佛朗西斯科月季。

我在这里呢！她朝我招手。她的身形在模糊的光线里有些矮小。在我的印象中，她个儿挺高的，也许黑暗会将一切都缩小，就像阳光总是把我们的影子拉得细长。她的声音里有一种微弱的惊喜，仿佛饥饿的旅人终于在沙漠里看到了骆驼。我走过去，想了想，将伞遮在她头上。她竟然没有带雨伞，也没穿雨披，头发上全是雨珠，裙子也湿了。

我是去年初夏搬到这所大学的。房子是上个世纪六十年代专门为苏联专家建的，很旧了，隔音效果也不好，楼上咳嗽一声楼下都能听得很清楚。房顶也低，我老感觉把自己折叠一下可能会更安全些。这让我怀疑那些专家根本不是苏联人，而是日本人。即便如此，租金每月也三千块钱。以前是学校的教职工宿舍，后来变成了博士生公寓。有的博士嫌房子不好，干脆搬到校外，将这里私下出租。来这里租房的大多是要考本校研究生的外地学生，毕竟离食堂和图书馆近，吃饭读书都很便利。

跟我合租的是班里的同学，陕西人，大嗓门。我怀疑他小时候可能在黄土高原上放过羊。他混得好，每晚都有酒局，常常我刚迷糊住，就听到钥匙开门的声响。在一团酒气中我侧耳听他脱掉那双老也不换的皮靴，将被子紧紧捂住鼻翼。当他的鼾声如重雷从头顶滚过来时，我就再也睡不着了。经常是晨曦将窗台上的那盆微型桂花笼住，我才在万念俱灰中沉睡过去。庆幸的是，室友最近极少回来，据他自己说有个导演朋友在安河桥有间工作室，晚上就在那里歇脚。不过听旁人偷偷讲，他最近勾上个制片人的老婆，怕是做了对野鸳鸯。我一直很纳闷，什么样的女人会喜欢从来不换鞋子的男人。或许是他的腰比较好？他毕竟还年轻，经常打篮球也是真的。

这里，这里！看到没有？女孩指着地上说，你认识吗？什么鸟？

我跟她站在两棵松树中间。松树很高，大概是那种伞松。雨滴得越来越密，顺着松针滑下来，我们就在伞下，看着脚边的那只鸟。那只鸟比喜鹊略小，比麻雀要大，即便光线不好，也能看出羽毛灰黑相间，肚皮泛白，但有些细碎的黑色波纹。

这是隼吗？女孩说，我在电视里看到过隼，跟它长得很像呢。

她说得有点道理。不过，学校不是草原也不是荒野，怎么会有隼？我将伞递给她，蹲下身仔细观瞧。它的爪子是鹅黄色的，看上去并不锋利，喙黑色，短小，并非鹰隼那般是弯曲的。不是隼，我站起来说，你在哪儿发现它的？

哦，女孩的眼睛闪了闪，说，我本来点了外卖，不过送货员说他摔了一跤，饺子滚了一地。他说再送一份，可这么大的雨，我没让他来。走到这儿，便看它卧在草丛里，碰它它就蹿两下，也蹿不远，估计受伤了。她说话时眼睛盯着那只鸟，并没有看着我，仿佛她是在跟那只鸟讲话。

这是我几次见到她？说不清。印象最深的是第一次。那天我跟陕西人在宿舍闲聊，陕西人喝懵了，正喷着吐沫给我讲述晚上的盛宴。他说那个导演的豪宅在机场附近，四层楼，光阳台就百十平方米，餐前大家都优雅地坐在阳台的沙发上小口地喝着马提尼酒。他也调了杯，还抽了支烟，抽着抽着才察觉身边有人，侧头一看，是赵薇。赵薇说，哥们，能给我支香烟吗？"她长得可真美啊，"他说，"抽烟的姿势让我误以为她是奥黛丽·赫本。"他无疑深谙如何赞美女人。我说，后来呢？后来？他摇摇头说，后来我们就吃饭，他家光厨师就四个，分别负责做淮扬菜、上海本帮菜、杭州菜和云南菜。还有个日本厨师，要是从北海道空运新鲜的三文鱼过来，他就做刺身。妈的，我们喝了六瓶拉菲。当他把大拇指和小拇指伸出来朝我不停地晃时，我们的门开了。有位老太太闯进来，劈头盖脸地喊道，你们能讲点公德心不？这么晚了还吵吵嚷嚷，再这样我叫警察了！她的声音沙哑尖锐，像极寒冬腊月里老鸹的鸣叫。

我和陕西人看着面目模糊的老太太，不晓得如何应答。老太太又说，你们咳嗽、挪凳子、沏水、冲马桶、洗衣服的时候，别再出那么大动静！死人都被你们吵醒了！孩子们还怎么复习功课！说完她就走了，转身的时候，我才发现她身后还尾随个女孩。女孩穿着条纹睡衣，头发马鬃般披散着。一匹安静的斑马。

把你叫出来真是有些冒昧，女孩仍然盯着脚边的那只鸟，慢慢悠悠地说，可是，我实在想不出来，还能请谁帮忙呢。

我没吭声，径自把那只鸟拎起来。鸟咕咕叫着，扭动着翅膀妄图用喙啄我。它的叫声很古怪。我想除了夜莺、黄鹂、云雀这样歌声婉转美妙的鸟，更多的鸟都是这样的叫声吧。

你别把它弄疼了！女孩吮吸着手指说，它肯定受伤了。

我又细致地翻了翻鸟的羽毛，昏黑的雨中根本什么都看不出。我猛地把它甩出去，鸟扑腾了几下摔落在雨水中，慌里慌张缩成一团。女孩说，怎么办呢，怎么办呢。它肯定受伤了。

我们把它放在树上吧，能从枝干上逮虫子吃，饿不着。

好啊，女孩说，就放在这棵松树上吧，不过，松枝上都是松针，会不会把它扎伤？

那边有棵楸树，你觉得怎么样？

那棵楸树真美，春天的时候枝头挤满了花儿，不过，女孩说，那棵楸树很高，三米之下都没有枝丫，她上上下下打量我一番说，你怎么把这只鸟放到树冠上？我们又没有梯子。

我突然不知道说什么好了。一只野鸟而已。我的衬衣已经被雨淋湿了，贴在皮肤上很不舒服。把它放在花圃里吧，我指着不远处的圣·佛朗西斯科月季说，渴了喝雨水、露水，饿了吃花瓣、蚯蚓，困了看月光，一只鸟的小资生活。

女孩瞥我一眼，说，花圃里野猫很多的，要是把鸟吃了怎么办？

她说得倒没错。这所大学以喜鹊和野猫闻名，隔壁那所大学则盛产乌鸦跟黑头蚁。那些流浪猫不晓得从哪里聚拢来的，无论白日还是黑夜，都旁若无人地在小径上悠闲地散步。一只只排着队，倒像是巡逻的士兵。很多地方都有闲置的空碗，一些情侣把猫粮小心翼翼地倒进去。我见过一只野猫攻击一只受伤的花喜鹊，叼着喜鹊的翅膀蹿上了一株合欢树。

你有什么好建议？我点着一支香烟，看着她。香烟燃烧得很快。我喜欢烟雾消散在雨水中的味道。

我们不如去校医院看看。要是有医生，给它伤口上抹点紫药水，包扎好，在宿舍里养几天，就能放飞了。

我看了看手表，晚上十点二十六分。校医院晚上有值班医生吗？

有的，女孩说，有次深夜我坏肚子，买到药了呢。

我们就朝校医院方向走。其实也不远，只要穿过纳兰容若墓地、游泳馆和伊兰清真小馆，就到了。我尽量将雨伞往女孩那边移。我一直想不明白为何纳兰容若的墓地会在这里，除了两匹站立的石马和两具躺在地上的石雕侍从，完全看不出这里埋葬着清朝最有名望的词人。这个世界就是这样，所有诞生过的都会死亡。如果留下点痕迹，也算是意外了。

你冷吗？女孩说，你为什么老哆嗦？

我不冷，我掐掉香烟，你确定医院会有医生值班吗？

女孩停住了，说，不如这样，我看看附近有没有野生动物收养中心。我们把这只鸟送到专业机构，它还能得到更好的医治，你说呢？

我当然没有意见。她开始用手机搜索。我问她，那个老太太，是你的祖母吗？

什么老太太？她盯着手机，似乎在飞速地浏览页面。

我说，我记得你们三个女孩住在一起，有个老太太负责给你们洗衣、做饭、打扫卫生。

她头也没抬地说，你记错了吧？

我说我怎么会记错呢。老太太找过我们好几次，每次都警告我们千万别出噪声。她说这里的派出所所长是她外甥，会把我们赶走的。

女孩说，喏，附近真的有家动物收养中心呢！很近，不过五公里。你别着急，我先打个电话，看看有没有夜班人员。

我说好吧。我们已经走到伊兰清真小馆了。我看到不远处的校医院黑魆魆的，没有一盏灯火，在雨中，在沉默的雨中，它更像是条鲸鱼的嘴巴。我听到女孩湿润的声音，她在跟人说话，她的声音很甜，是这个年岁的女孩该有的甜，如果你再仔细听，是那种沙瓤宽甸西瓜的甜。后来我听到她近乎兴奋地喊道，那里的工作人员说二十四小时都有人值班，我们打个出租车过去吧。她乜斜了眼我手中的鸟，用手指蹭了蹭它头顶上的绒毛。鸟又叫了几声。它似乎已经习惯了我左手的温度。

我向来对雨天的夜晚打出租车不抱什么奢望，不过，我们的运气似乎不错。当我们钻进车厢时，司机问道，你手里拿的什么东西？

我说，不是东西，是一只鸟。

司机问，是鹦鹉吗？金刚鹦鹉？他疲惫的语气旋尔兴奋起来，会说话吗？会说恭喜发财吗？

会说话的是八哥，女孩说，难道你连鹦鹉都没见过吗？

司机不言语，也许他听出了她语气中的鄙夷。我也没吭声。车里静下来，连那只鸟儿也没有再叫唤。我跟女孩并排坐在后座上，中间有一个拳头的距离。我能闻到她身上的香水味道，被雨淋湿的香水的味道。她似乎有点累了，将头后仰在座位上，我不晓得她是睁着眼睛还是闭着眼睛。其实我最熟悉的是她的背影。本来我还以为她是个挺爱讲话的女孩，看来并非如此。我还记得有次我正在房间里洗衣服，有人咚咚咚地敲门，打开一看是她。她还是穿着那件横条纹的睡衣，看上去就像医院里的病人。她说，我能看看你们俩的身份证吗？我一愣，她声音骤然大起来，我能看看你们俩的身份证吗？！我当时肯定是有些发蒙，不然也不会乖乖地取出身份证递给她。她把身份证捏在手上左看右看，后来皱着眉头问，他的呢？我连忙说，室友好几天没回来了，你放心，我们都是在职编剧班的，不是坏人，既没有杀过人也没有放过火。她这才勉强笑了笑说，我不是这个意思。我说，我们这些天在房间里都不敢穿拖鞋，全光着脚走路，接电话的声音也不会超过10分贝，为了防止洗衣机发出轰隆隆的声响，我已经改用手洗，你看，我甩了甩手上的肥皂泡沫，手指都搓白了。她嗯了声，眼睛巡视着我们的房间说，你能提醒下你那个打呼噜的室友，让他去医院检查检查鼻腔吗？他深夜的呼噜声，一会儿小号，一会儿竖琴，一会儿唢呐，简直是场室内交响乐了。我连忙点头说，是是是，我也怕他半夜憋死，听说他正琢摸着买一台美国进口的呼吸机，戴上就好了。她又嗯了声，把你电话号码给我，如果我还是被他的鼾声弄醒，就打你电话，你负责把他叫醒。

她可能从来没有意识到，她睡觉时也有鼾声。手上的鸟扑棱了下翅膀，她哆嗦一下醒过来，默默地瞅着前方。前方什么都没有，她只能看到司机葫芦般的后脑勺。

你，多大岁数了？她漫不经心地问道，哪里人？

我说，我女儿要是活着，年龄应该跟你差不多了。

她叹息了声，又问道，你都这么老了，干吗还要来上学？

我说，美国有个女人，一直在家里哄孩子，偶尔给报纸写点镇上的新闻。她五十三岁那年，有个农场主邀请她去写一本报告文学，结果她写了本短篇小说集，《近距离：怀俄明故事》，得了欧·亨利短篇小说奖。后来还写了《船讯》，得了全美图书奖和普利策小说奖。她叫安妮·普鲁。

女孩摇摇头，打了个哈欠，问司机，该到了吗？

司机说，瞧见没，美女，过了四通桥，再过了双榆树邮局，就是你们要找的宠物医院了。

女孩歪头看了看我说，你楼上就住着我自己，哪里有什么老太太和别的女孩？

我说，我第一次见到你，就是老太太带着你到的我们宿舍。

女孩说，你太老了，记忆肯定出了问题。你该多出去跑步、练太极剑、跳广场舞，而不是老闷在屋子里写什么剧本。我怀疑这是老年痴呆症的前兆。

我说，我确实经常忘记自己是谁，干吗又跑到雾霾这么严重的地方学编剧。不过一切都不重要，等你到了我这个年纪，就会发现，意义本身就是最值得怀疑的伪命题。我很赞同拉康的说法，连宇宙都是"纯净的无中的一个缺陷"。

女孩撇撇嘴，跟我一起下了出租车。我们看到马路边上有块闪亮的绿色广告牌，上面写着"24小时动物医院"。它马上就能得救了，女孩笑着说。这是我第一次看到她笑。她的眼睛像月牙。她俏皮地用手指捅了捅鸟的嘴巴，鸟咕咕地叫起来。谢谢你，她看着我说，谢谢你大叔。我说有什么好谢的？她仍旧笑了笑，没说话。我们就慢慢地顺着楼梯往上走，雨滴打在伞上，急切而嘈杂。

急诊室明亮如白天，我们看到有个穿睡裙的女人坐在宽阔的急诊室里，怀里抱着只蝴蝶犬，一位穿白大褂的女人蹲在蝴蝶犬的边上，不停地絮叨着什么。她说话的声音很小，不时被女人嘹亮的嗓门遮压住。你确定它只是肠胃炎吗？要是它有个三长两短，我可轻饶不了你们！这时过来个穿白大褂的男孩，热忱地将我们引进屋内。他戴着黑框眼镜，留着浓密的小胡子。也许这能让他看起来显得更成熟稳重吧。他问道，咦，这只鸟怎么了？

女孩忙说，大夫，这只鸟是我们在路上捡的，它受伤了，就把它送到你们这儿来了。说完她笑眯眯地盯着男孩。

男孩摇摇头。女孩说，你们这里不是野生动物收养中心吗？男孩一愣，指了指门口上挂着的牌子。牌子上面写着"北京爱牧家动物医院"。你不会不识字吧？他皱着眉头说，我们这里是宠物医院，不是救助中心。

我跟女孩互相看了一眼，于是我说，我们把这只鸟送给你们吧。不跟你们要钱。

男孩嘟囔道，这么瘦的鸟，炖汤的话……

女孩一把抓住他的手，说，你们是医生，就该救死扶伤。你能给它看看病吗？它是被蛇咬伤了爪子，还是被野猫抓伤了翅膀？

男孩说，好啊，这很简单，你们先挂号吧。

女孩说，你给瞅一眼就好了啊，我们买点药水，给它敷上就行。

男孩说，看病必须先挂号，这你不会不懂吧？

我们就到了挂号处。挂号处的是一个脸色蜡黄的老太太。她拉着长音说，先交押金吧。

女孩嘟着嘴巴问，多少钱？

老太太说，五百。

什么？女孩叫起来，你们这是抢钱吗？我们不过是……

老太太扫她一眼，女孩就闭了嘴。她看看我，我看看她。她说，大叔，我没带现金呢。我说，我也没带钱。然后我们的目光都停留在那只鸟的身上。刚才我把它放在了诊所的窗台上。它靠着玻璃动也不动，犹如鸟类博物馆里的标本。它一点都不漂亮，它的歌声也不美妙。它只是一只普通的野鸟。我们甚至连它是否真的受了伤也拿不准。那边传来蝴蝶犬的汪汪声，医生正在给它打针。狗的主人不时叱喝着，不晓得是在骂狗，还是在骂人。

我对女孩说，我们走吧。女孩说，去哪儿？我说很晚了，明天我还要开会。女孩说，你再等一等，你再等一等，我搜搜附近还有没有别的野生动物救助中心。半晌她喃喃着说，哦，真的有一家，不过在顺义，而且只是白天接待。

我说，我们回去吧。还是把鸟放在松树上吧。每只鸟都有每只鸟的命。人也一样。

女孩依旧站在那里。

我说，那我先走了。

女孩说，等等我。

我们推开门，顺着楼梯往下走。她把那只鸟搂在怀里。雨已经停了，我收了伞。空气里都是植物和花朵的香气。我喜欢下雨天。雨把一切洗得都很干净。我喜欢一切都很干净。

我累了，想歇会儿，路过一张绿色的长椅时，女孩低声说道。她掏出纸巾，擦掉上面的雨水，一屁股坐在上面。夜晚的马路很安静，没有车，没有人，马路伸向远方，像一条亮晶晶的隧道。我听到了池塘里青蛙的叫声，草丛里蟋蟀的叫声和居民楼里偶尔传来的孩子的哭闹声。女孩坐在长椅上，怀里仍抱着那只鸟。她不停地用手抚摸着鸟的羽毛，好像在抚摸着宠物。以前，女孩说，我爸爸也养了一只鸟，不是鹦鹉，不是八哥，是他从公园里捡回来的。我们没有给它准备笼子，它整天在阳台上踱来踱去，我喂它蚯蚓、面包虫、毛毛虫。它喜欢吃肉。它也长着这样灰色的羽毛。

后来呢？

后来……女孩说，我到这里来考研，考了两年都没有考上，你也知道，这个学校的金融系比北大的分数还要高。

那只鸟呢？

我爸去年死了。

我不知道说什么好。

肺癌。打杜冷丁也不管事。以前喜欢唱戏，马派，擅长《甘露寺》和《定军山》。从楼上跳下去了。穿着戏服。把家里的积蓄全花光了。

那只……鸟呢？

鸟？失踪了。我怀疑我妈把它送给了别人，估计别人也不会要吧？长那么丑，也不会叫。

一辆出租车飞驰而过，溅起的雨水落在我们身上，她也没介意。后来，她说，我妈改嫁了，找了个比她大十几岁的老男人。她还让我管他叫爸，这，这怎么可能呢？她把脸转向我，我以为她可能哭了，可是没有，她的脸被路灯映射得很光洁。

你呢，你怎么回事？你女儿到底怎么了？

我抽烟，咳嗽，哆嗦，但是我没有说话。我什么话都不想说。一句话都不想说。我喜欢这样下雨的夜晚，世界如墓园般沉默。宇宙在大爆炸之前，可能也如此。如果有一天，宇宙开始收缩，最后坍塌成一个比原子还要小的点，我也没什么意见。远藤周作的《沉默》里，那个到日本传教的葡萄牙神父一直在期待圣灵，可上帝一直沉默。上帝唯有沉默。

我们走吧，女孩说，我打了辆滴滴快车，马上就到了。

我坐着没动。女孩说，如果你难过，就哭吧。我见过男人哭，也见过老人哭。

我朝她笑了笑。

她说，你的牙齿还挺白。抽烟的男人，牙齿都是黑的。

我说，你喜欢静园的圣·佛朗西斯科月季吗？

女孩满脸狐疑地凝望着我。我能看清她脸上橘红色的浅淡绒毛。

那天晚上，我和女孩都没有把野鸟带回寝室，也没有把鸟放在塔松的枝干上——我们把它放进了一个粉红色、曾经盛放香奈儿包的盒子，再把精美的盒子放进圣·佛朗西斯科月季花圃。每日都会有帮老头老太太在那里晨练，好奇的他们肯定会发现那只盒子里的鸟。他们会给它治病，会给它喂水，会把它喂养的又胖又有气力。也许吧。谁知道呢。

不久我的室友也彻底搬走了，他跟那个制片人的老婆同居了。据说制片人的老婆给他介绍了几个影视大鳄，卖掉了三个剧本和几个小说，稿费足以在通州或燕郊买套大房子了。这样的人混不好是没有天理的。我想过不了几年，他也能在机场附近买四层楼的别墅了，然后在阳台上懒洋洋地喝马提尼。我从来没喝过马提尼。我只喝过朗姆酒和威士忌。当然，他可能不会请四个厨师，毕竟他是个挺节俭的人，一年四季只穿一双鞋子。

我呢，仍然每天在教室、寝室和食堂间跑来跑去。我觉得这样挺有意思的。如果你是个单身的老男人，就会发觉最有意思的事情就是想尽一切办法浪费大把大把的时间。这个世界不仅庞大，而且漏洞百出，只有在浪费时间的过程里才能感觉到……些许的幸福。那天，我照例站在窗前发呆，然后俯瞰到了一个背影。毫无疑问，是那个女孩，我想了想，已经很久没有遇到她了。说实话，我对她的背影比对她的脸庞更加熟悉。多少个雾气弥漫的黄昏，不同的男人开着不同的豪车，停在楼下不远处的静园。女孩连同她的影子一同闪进去，然后慢慢地消失在夜幕里。直到深夜，楼梯上才会传来高跟鞋小心翼翼的声响，不久，楼上会有人用钥匙扭动锁芯。锁芯大概上锈了，要开好久。

还好，夏天很快就要过去了，我仿佛听到了信鸽清亮的哨音。

2018 年 8 月 19 日